講談社文庫

汚名(下)

マイクル・コナリー | 古沢嘉通 訳

講談社

TWO KINDS OF TRUTH
By Michael Connelly

This edition published by arrangement with
Little, Brown and Company (Inc.),
New York, New York, USA
Through Tuttle-Mori Agency, Inc., Tokyo

目次

汚名（下）

●主な登場人物〈汚名　下巻〉

ハリー・ボッシュ　サンフェルナンド市警刑事（予備警察官）　元ロス市警敏腕刑事
リーガル・シーゲル　老弁護士　ミッキーの恩師
ベラ・ルルデス　サンフェルナンド市警刑事
ジェリー・エドガー　カリフォルニア州医事当局職員　ボッシュのかつての相棒
チャーリー・ホーヴァン　麻薬取締局捜査官
ジェイムズ・ブロディ　麻薬中毒者
ホセ・エスキベル・シニア　〈ラ・ファルマシア・ファミリア〉経営者
ホセ・エスキベル・ジュニア　〈ラ・ファルマシア・ファミリア〉経営者の息子
サントス　氏名不明で告発されている麻薬組織の黒幕
アンソニー・バルデス　サンフェルナンド市警本部長
ダニー・シスト　サンフェルナンド市警刑事
オスカー・ルゾーン　サンフェルナンド市警刑事
トレヴィーノ　サンフェルナンド市警警部
ミッキー・ハラー　弁護士　ボッシュの異母弟
アレックス・ケネディ　ロス郡地区検事局検事補
プレストン・ボーダーズ　収監中の死刑囚
デイヴィッド・ラムジー　LAタイムズ記者
マディ　ボッシュの愛娘
ルシア・ソト　ロス市警本部強盗殺人課未解決事件班刑事　ボッシュの元相棒
エリザベス・クレイトン　麻薬中毒者
デニス・〝シスコ〟・ヴォイチェホフスキー　ハラーの調査員
ランス・クローニン　オルマーとボーダーズの担当弁護士
テレンス（テリー）・スペンサー　資料保管課の担当職員
キャシー・ゼルデン　スペンサーの担当弁護士　現在クローニンの妻
ダニエル・スカイラー　殺人被害者　女優志望のウエイトレス
ダイナ・ルソー　スカイラーの妹
ボブ・タプスコット　ロス市警本部強盗殺人課未解決事件班刑事
ルーカス・ジョン・オルマー　死亡した連続婦女暴行犯
エスメレルダ・タバレス　失踪者

第二部　なにもない場所の南側

22

ボッシュはうつむいてカウンターのまえに立った。そこに座っている男は外国語で印刷された新聞を読んでいた。ヴァンのやぎひげの男とはちがっていた。この男のほうが年輩で、髪の毛には白髪がまじっていた。男は、いまでは重たいものを持ち上げるのは若い世代に任せている年を取った荒事担当のようにボッシュには思えた。

男はわざわざ顔を起こさずに、ボッシュにロシア訛りで話しかけた。

「だれにここに送られてきた？」男は訊いた。

「だれにも」ボッシュは言った。

男はようやく顔を起こしてボッシュを見、その顔をジロジロと見つめた。

「ここまで歩いてきたのか？」

「そうだ」

「どこから？」

「医者に会いたいだけだ」

「どこから？」

「裁判所のそばのシェルターから」

「そこからここまで遠いな。なにがほしい？」

「医者に会いたい」

「医者がいるってどうして知ってるんだ？」

「シェルターで聞いた。話してくれたやつがいる。もういいか？」

「なぜ医者が要るんだ？」

「鎮痛剤が要る」

「なんの痛みだ？」

ボッシュは一歩退き、杖を掲げ、片脚を上げた。男はカウンター越しに見られるように身を乗りだした。それから座り直すと、ボッシュをねめつけた。

「医者はとても忙しいんだ」男は言った。

ボッシュは男の背後や室内に目を走らせた。待合室にはプラスチック製の椅子が八脚あり、すべて空だった。ボッシュとこのロシア人しかいない。

「待つよ」

「IDを」

ボッシュはジーンズの尻ポケットからくたびれた革の財布を引っ張りだした。財布はチェーンでジーンズのベルトループとつなげられていた。財布のフラップのスナップを外し、運転免許証とメディケア・カードを抜き取ると、カウンターに落とした。

ロシア人は手を伸ばし、両方をつかむと、椅子にまたもたれかかり、身分証明書をじっくりと眺めた。近づかないようにしている相手の態度が自分の体臭のせいであればいいのに、とボッシュは思った。役になりきるための一環で、実際にはるばるシェルターから歩いてきた。シャツを三枚重ねで着ており、一番下のシャツは汗で濡れており、ほかの二枚も湿っていた。

「ドミニク・H・ライリー？」

「そのとおりだ」

「このオーシャンサイドという場所はどこなんだ？」

「南のサンディエゴの近くだ」

「眼鏡を外せ」

ボッシュはサングラスを眉の上に上げてロシア人を見た。最初の大きなテストだ。麻薬中毒者の目のようにしなければならなかった。シェルターで下ろされるまえに、ボッシュは麻薬取締局《DEA》のトレーナーから渡されたペパーミント・オイルを目の下の皮膚に広げていた。いまや両目の角膜は炎症を起こして、赤くなっていた。

　ロシア人は長いあいだ見ていたが、やがてプラスチック・カード二枚をカウンターに放った。ボッシュはサングラスをかけ直した。

「待ってろ」ロシア人が言った。「うまくいけば医者に時間があるかもしれない」

　ボッシュは認められた。ホッとした表情を漏らさないように努める。

「わかった」ボッシュは言った。「待つよ」

　ボッシュは床からバックパックを拾い上げ、脚を引きずりながら待合室へ向かった。クリニックの正面ドアにもっとも近い椅子をつかんで、腰を下ろし、サポーターを巻いた脚用のスツール代わりにバックパックを利用した。杖を床に置き、椅子の下に滑らせ、腕組みをすると背後の壁に頭をもたれ、目をつむった。閉じた目の奥の暗闇のなかで、さきほどの出来事を思い返し、あのロシア人になんらかのバレそうなそぶりを見せてしまったかどうか考えた。潜入捜査員としての最初のやりとりはうまく対処したと感じており、ＤＥＡチームがまとめてくれた財布とＩＤ一式は完璧だとわかった。

　ボッシュは昨日、ＤＥＡのトレーナーと数時間過ごし、潜入捜査に必要な技能の訓練を受けた。丸一日のセッションの前半は、今回の作戦行動に関する基本を扱ったものだった——だれがどこから監視しているか、ボッシュの支援体制はどうなるのか、財布とバックパックのなかでなにを自由に使えるのか、いつどうやって緊急救出の要請をするのか。後半は、おおむねロール・プレーイングだった。トレーナーがボッシュにオキシコドン中毒者の見た目を教え、潜入しているあいだに起こりうるさまざまなシナリオを経験させた。

カウンターの向こうにいたロシア人とのさきほどのやりとりは、そうしたシナリオのひとつにあり、ボッシュは前日に何度もその対処を練習した。ワンデー潜入捜査学校での指導の鍵は、恐怖と不安を隠し、それらを自分がまとう予定になっている人格《ペルソナ》に流しこむことだった。

トレーナーは、ジョー・スミスという偽名まるだしの名前を名乗ったが、ボッシュに法廷での信憑性も叩きこんだ——法廷あるいは判事のまえで内密に証言できるよう、潜入捜査の立場で行動しているあいだは、犯罪や道義上の逸脱を犯してはならなかった。今回の作戦行動から告発が生じる場合、そのことは陪審を味方にするのに不可欠だった。法廷での信憑性に必要なのは、自分が中毒しているのを装っているドラッグ摂取を避けることだった。やむを得ない場合に備えて、ボッシュはズボンの裾の折り返しにナルカン二回分を隠し持っていた。二錠の黄色い錠剤は、即効性のオピオイド拮抗剤で、もし無理矢理飲まされたり、あるいは服用せざるをえない状況に陥った場合、ドラッグの効果を打ち消してくれるものだった。

数分が過ぎ、ロシア人が腰を上げる音をボッシュは耳にした。目をあけて、ロシア人がカウンターの奥の廊下に姿を消すのを目で追った。

そのあとすぐ、ロシア人がしゃべっているのが聞こえてきた。一方的な会話であり、ロシア語だった。電話で話しているんだな、とボッシュは推測した。ロシア語の言葉には切迫感があった。DEAと州医事当局に受け子のだれかが連行されたという話だろう、とボッシュは推量する。それは潜入捜査員送りこみ計画の一部だった。言わば、群れが薄くなれば、補充員を雇う必要性が増す。そのなかにドミニク・H・ライリーがいる。

ボッシュはクリニックの壁と天井を確認した。防犯カメラはなかった。犯罪活動の構成員が自分たちの犯罪行為を記録しうる監視カメラを設置するのはありそうにない、とボッシュは知っていた。正常に歩けるようサポーターを膝からずり下げ、すばやくカウンターに移動した。クリニックの奥のエリアでロシア人がしゃべりつづけているあいだに、ボッシュはカウンター越しにそこにあるものを確かめた。ロシア語の新聞と英語の新聞――なかにはロサンジェルス・タイムズやサンフェルナンド・サンがあった――が何部か、でたらめに散らばっており、大半がこのあいだの選挙とロシア・コネクションの捜査に関する記事の部分が表になるよう畳まれていた。カウンターの男は、リーガル・シーゲルとおなじようにそれ関係のニュースに心を奪われているようだ。

ボッシュが出前サービス・メニューの束を動かしたところ、らせん綴じのノートが見つかった。ボッシュはすばやくノートをあけ、ロシア語で書かれた数ページに気づいた。

日付と数字の書かれた表があったが、ボッシュにはなにを表しているのか判読できなかった。

ロシア人がふいに話すのをやめたので、ボッシュは急いでノートを閉じ、置き直して、椅子に戻った。サポーターを元に戻し、ふたたびうしろに寄りかかったところ、ロシア人がカウンターの向こうの元の位置に戻った。ボッシュは細めた目で相手を見た。ロシア人はカウンターに変わったところがあると気づいたそぶりを見せなかった。

四十分間、なんの動きもなかったすえ、車がクリニックのまえに停まる音がボッシュの耳に入った。ほどなくしてドアがあき、薄汚れた服を着た何人かの男女がクリニックに入ってきた。そのうちの数人が週のはじめにヴァンを監視していた際に見かけた者たちだとボッシュは気づいた。彼らはロシア人のあとにつづいて、廊下を通り、姿を消した。ヴァンの運転手は、ボッシュが以前に見たのと同じ人間だったが、カウンターの奥に留まっていた。やがて両手を腰に置いた格好でボッシュに向かって近づいた。

「ここでどうしたいんだ？」運転手が訊いた。カウンターにいた男とおなじくらい訛りがきつかった。

「医者に会いたいんだ」ボッシュは言った。

ボッシュは膝のサポーターに気づいていないのかもしれないと思い、バックパックから片脚を持ち上げた。運転手は、カウンターの男がさきほど訊いたのと重複の多い質問をボッシュに訊きはじめた。両手は腰に置いたままだった。最後の質問に対する回答がなされ長い沈黙が落ちたのち、運転手はなんらかの結論を下したようだった。

「わかった、こっちへ来い」ようやく運転手は言った。

男は廊下のほうへ歩きはじめた。ボッシュは立ち上がり、杖とバックパックをつかむと、脚を引きずりながら、男のあとを追った。廊下は広く、使われていないナースステーションに通じており、そこから左右に枝分かれしていた。運転手はボッシュを左側の廊下に案内し、そこにはまともなクリニックが開業していた当時には診察室として使われていたと思しき部屋に通じる四つのドアがあった。

「こっちへ入れ」運転手は言った。

男はドアを押しひらき、腕を伸ばして、ボッシュになかに入るよう合図した。敷居を跨いで足を踏み入れると、椅子が一脚あるだけの部屋が目に入った。いきなり乱暴にボッシュはまえへ突き飛ばされ、部屋のなかへ押しやられた。ボッシュはバックパックと杖を両方とも手放した。そうすることで両手を上げて、向かい側の壁に顔からぶつからないようにできた。

ボッシュはすばやくクルッと振り返った。

「おい、なにをするんだ？」

「おまえは何者だ？　なにが狙いだ？」

「言っただろ。もうひとりに言ったんだ。いいか？　いや、忘れてくれ、おれは出ていく。別の医者を探す」

ボッシュはバックパックに手を伸ばした。

「そこに置いとけ」運転手は命じた。「薬が欲しいなら、そこに置いとけ」

ボッシュは背を伸ばした。男が近づいてきて、ボッシュの胸に両手を当て、壁に向かって押しだした。

「薬が欲しいなら、服を脱げ」

「医者はどこだ？」

「医者は来る。調べるため服を脱げ」

「いやだ、脱ぐもんか。ほかにもいく場所を知っている」

膝を曲げられるよう、ボッシュはサポーターをずり下げた。武器にするには、バックパックよりも役に立つだろうとわかっている、床に落ちた杖に手を伸ばそうとした。だが、運転手は、すばやくまえに進み出て、杖を踏んづけた。そうしておいて、ボッシュのデニム・ジャケットの襟をつかんだ。ボッシュを引っ張り上げ、再度壁に押しつけると、頭が乾式壁に強くぶつかった。

男は体を押しつけるようにのしかかってきた。ボッシュの顔にかかる息は酸っぱいにおいがした。

「服を脱ぐんだ、じじい。さあ」

ボッシュは手の甲が壁に当たるくらい両手を上げた。

「わかった、わかった。落ち着け」

運転手は一歩退いた。ボッシュは上着を脱ぎはじめた。

「脱いだら、医者に会えるんだよな？」

運転手はその質問を無視した。

「服を床に置くんだ」男は言った。

「わかった」ボッシュは言った。「そしたら医者に会えるだろ？」

「医者は来る」

ボッシュは椅子に腰掛け、ストラップをゆるめて、サポーターを外した。そののち、ワークブーツと汚れた靴下を脱ぐ。三枚重ねのシャツを脱ぎはじめる。ボッシュの潜入捜査人格と今回の作戦に与えられたDEAのコードネームは、〝汚れた《ダーティ》デニム〟だった。DEAのトレーナーは、最初、膝サポーターと杖に反対していたが、最終的に、キャラクターに自分なりの味付けを少し施したいというボッシュの願いに折れた。むろん、トレーナーは、杖に隠された武器については気づいていなかった。

やがてボッシュはシャツを脱ぎ終わり、ボクサーショーツと、汚れて汗染みの付いたTシャツだけの姿になった。チェーンを外し、財布を手に持ってから、ジーンズを服の山に置いた。

「まだだ」運転手は言った。「全部脱げ」

「医者と会えたら脱ぐよ」ボッシュは言った。

ボッシュは一歩も引かなかった。運転手は近づいてきた。ボッシュはさらなる言葉が飛んでくると予想していたが、そうではなく男の右拳が突きだされ、ボッシュの下腹部に強いパンチが叩きこまれた。たちまちボッシュは体をふたつに折り、さらなる攻撃を予期して、両腕で守る姿勢を取った。財布が床に落ち、汚れたリノリウムの上でチェーンがチャラチャラと鳴った。殴る代わりに運転手はボッシュの髪の毛をつかむと、かがみこみ、ボッシュの右耳にまっすぐ話しかけた。

「いや、いますぐ服を脱げ。さもなきゃ、殺すぞ」

「オーケイ、オーケイ。わかった。脱ぐよ」

ボッシュは立ち上がろうとしたが、まず片手を壁に置いて、体を支えなければならなかった。Tシャツを脱ぎ、服の山に放り、ついでボクサーショーツを下ろして、おなじように服の山に蹴り飛ばした。両腕を広げ、裸体をさらけ出した。

「これでいいか？」

運転手はボッシュの上腕のタトゥを見た。入れてから五十年近く経ってほとんど見分けがつかなくなっていた——ピストルを持っているトンネル・ネズミ、その上にラテン語でスローガン、下には〝クチ〟の文字。

「クチとはなんだ？」運転手が訊いた。

「場所だよ」ボッシュは答えた。「ヴェトナムの」

「戦争にいってたのか？」

「そのとおり」

ボッシュはパンチを受けたことで苦いものが喉に込み上げてくるのを感じた。

「撃たれたんだな、共産主義者に？」運転手は訊いた。

彼はボッシュの肩に残る銃創の痕を指さした。ボッシュはこの潜入用人格に与えられた脚本にしがみつこうと決めた。

「いや」ボッシュは言った。「警察にやられた。こっちへ戻ってきてから」

「座れ」運転手は言った。

彼は椅子を指さした。片手を壁にあててバランスを取りながら、ボッシュは椅子まで歩いていき、腰を下ろした。プラスチックの冷たさが直に肌に触れた。

運転手はしゃがみこみ、バックパックをつかむと肩にぶら下げた。ついでボッシュの服の山をまとめだした。杖は床に置いたままにした。

「待ってろ」運転手は言った。

「なにをする気だ？」ボッシュは訊いた。「おれの――」

ボッシュは最後まで言わなかった。運転手はドアに向かった。

「待ってろ」男は再度言った。

男はドアをあけ、姿を消した。ボッシュは裸のまま椅子に座っていた。まえかがみになり、両腕で体をかき抱いた。慎み深いわけでも寒いわけでもなかった。その姿勢を取ることで腹の痛みが和らいだ。運転手のパンチは筋肉を損傷させただけなのか、あるいは内臓に被害を及ぼしたのか、とボッシュは考えた。あんなふうにノーガードでパンチを食らったのはひさしぶりだった。あれがやってくるのに身構えていなかった自分をたしなめる。

しかしながら、パンチは別として、ここまでは想定どおりに進んでいるとボッシュはわかっていた。あの運転手ともうひとりのロシア人は、たぶんボッシュの身に着けていた衣服と、財布とバックパックの中身を調べているのだろう。

どこにも非の打ちどころのない運転免許証に加えて、財布には、さまざまな名前が書かれたいろんな身分証明書のたぐいが入っており、いずれも渡り鳥の中毒者が次の薬や次の処方箋を欺《だま》し取るのに役立てるため携行している道具の代表例だった。ドミニク・ライリーの人生からいなくなって久しい女性の擦り切れた写真に加え、カリフォルニア州南部のあちこちにあるほかのクリニックの診察券や関連書類も入っていた。

バックパックは調べられるという想定のもとに完璧に用意され、調べた者が渡り鳥の中毒者であるドミニク・ライリーの信憑性を確信するのに役立つ中身になっていた。鎮痛剤中毒に必要な道具類が見つかるだろう――処方箋なしで買える下剤――それに加えて、Tシャツにくるまれ、バックパックの仕切り区画の底に隠してある銃。偽のショートメッセージ・ファイルと通信履歴が備わった使い捨て携帯電話も見つかるだろう。

それらはすべて入念な意図のもとにまとめられていた。ライリーは、渡り鳥中毒者が持っているであろうものを持っていた。銃は古いリボルバーで、銃把の一部が欠けていた。装塡《そうてん》はされているものの、撃針がヤスリで削り取られており、火器として機能はしないものだった。ボッシュがサントスの違法活動にどうにか参加したなら、取り上げられるのが予想されていたが、ＤＥＡは敵に機能する武器を渡してしまう責任を取りたくないと考えていた。あとになって自分たち捜査機関にどう跳ね返ってくるのか、わかりっこなかった。アルコール・タバコ・火器局《ATF》の評判は、メキシコ麻薬カルテルの手に武器が渡ってしまう結果に終わった潜入捜査の失敗からまだ恢復していなかった。

もっとも重要なのは、バックパックには、処方ラベルにドミニク・ライリーの名前が付いているプラスチック製錠剤容器が入っていることだ。そこには供給業者としてウェスト・ヴァレーにある薬局名が記されており、処方した医師としてウッドランド・ヒルズのケネス・ヴィンセントの名前が記されていた。容器には二錠しか鎮痛剤が入っていなかった。ライリーの持っている最後のオキシコドン・ジェネリックの八十ミリ錠二個。ライリーがパコイマのクリニックにやってきた理由を明白に物語ってくれるはずだった。

バックパックには、古い万年筆でこしらえた錠剤粉砕器も入っていた。鼻から吸うための道具としてふたつの機能を持っていた――錠剤をなかに置き、筒を回して粉状に砕き、蓋を外して、嗅ぐのだ。粉になったオキシコドンは、最高のハイをもたらしてくれるし、砕いた錠剤は、製造業者の入れた徐放性添加物を打ち負かした。

それらはすべてバックパックに入っており、完璧な仮面《ペルソナ》を構成する要素になっていた。ボッシュが先ほどの瞬間、唯一気になっていたのは、財布とチェーンだった。財布には革の二重になった部分にGPS発信器が仕込まれていた。附属している盗難防止用チェーンは、アンテナかつ救命要請スイッチだった。もし財布から抜き取られれば、緊急コードをGPSパルスに加え、DEAのシャドー・チームが一気に押しかけてくる。

ボッシュはそんなことが起きないよう願った。シャドー・チームがクリニックにやってきて、はじまりもしていないうちに、自分の任務が終わるのがいやだった。ボッシュはプラスチックの椅子に辛抱強く座った。裸で、どうなるのか待っていた。

23

ボッシュの見積もりで一時間以上、だれも部屋にやってこずに過ぎた。何度か廊下から人声や物音が聞こえたが、だれもドアをあけなかった。ボッシュは床に手を伸ばし、杖をつかみ、左手のそばに曲がった柄が来るように、ふとももの上に横にして置いた。

数分が数時間のように過ぎていったが、ボッシュの頭は活発に動いていた。いま気になってしかたないのは、娘に連絡して、しばらく連絡が取れなくなるだろうと伝えなかった自分の判断だった。娘に心配させたり、あれこれ質問されたりしたくなかった。娘に電話をして、話をしないという選択で、この世で一番大切な人物と最後の会話になるかもしれない機会をみずから失ってしまったのだ、とボッシュは気づいた。自分のミスに気づいて、ボッシュはそれが問題になりはしないだろうと、みずからに誓った。生きて戻るために、戻って最初の電話を娘にかけるために、できることはなんだってやる、と誓った。

ドアがいきなり勢いよくひらかれ、ボッシュを驚かせた。杖の柄を回して刃を抜きかけたが、こらえた。カウンターの男が入ってきた。運転手が持っていったものを全部運んできた。男は衣服をボッシュの膝の上に投げつけ、肩にかけていたバックパックをドサッという音とともに床に落とした。

「服を着ろ」男は言った。「銃はなし、携帯もなしだ」

「なにを言ってるんだ？」ボッシュは言った。「金を払って買ったんだぞ。おれのものだ。勝手に持っていかれてたまるか」

ボッシュは立ち上がり、服を床に落とした。裸でいるのを恥ずかしがらず、相手の頭を割ってやろうとしているかのように杖の柄の半分ほどのところをつかんだ。

「服を着ろ」カウンターの男は言った。「銃はなし、携帯もなしだ」

「クソッタレ」ボッシュは言った。「銃を返せ。携帯を返せ。おれはここから出ていく」

カウンターの男はにやりと笑った。

「ボスが戻ってくる。おまえと話をする」

「ああ、ボスのほうがいい」ボッシュは言った。「ボスと話がしたい。これはひどい」

ロシア人は戸口を跨ぎ、後ろ手でドアを閉めた。

ボッシュは服を着たが、バックパックから新しいが汚れているには汚れているTシャツを取りだし、最初の一枚にした。バックパックに財布が入っており、チェーンはついたままだった。なかを調べてみる。GPS追跡装置が仕込まれている仕切りの縫い目は、いじくられていない、と判断できた。しかしながら、運転免許証とメディケア・カードはなくなっていた。

服を着終えるまえにドアがまたひらき、今回はロシア人がふたりとも入ってきた。ボッシュは椅子に足を乗せて、片方のワークブーツの靴紐を結んでいた。カウンターの男が遠いほうの壁に歩いていき、両腕を組んで部屋の隅に寄りかかり、運転手は部屋の中央に立った。

「おまえにやらせることがある」運転手が言った。

「仕事という意味か？」ボッシュは訊いた。「いいか、言ってやるけど——おれは働かないぞ」

運転手がボッシュに一歩近づいた。ボッシュは今回は身構えた。だが、運転手は折り畳まれた一枚の紙を差しだしただけだった。ボッシュはためらいながら、それを受け取った。

ひらいてみると、それは処方箋だった。エフラム・ヘレラ医師の名前が、必須の州および連邦政府薬剤ライセンス番号とともに上のほうに印刷されていた。

処方箋に手書きされているのは、八十ミリグラムのオキシコドン六十錠の処方だった。鎮痛剤受け子《ピル・シル》あるいは常用者にとって、それは聖杯だった。ボッシュにとっては、狙いどおりの代物だった。クリニックの運営者たちに対する立件理由を手に入れただけでなく、ボッシュは確実に仕組みのなかに入れた。

「いったいこれはなんなんだ？」ボッシュは訊いた。「おれをこんな目に遭わせ、腹を殴り、あげくに処方箋をくれるのか？」

運転手はボッシュの手から処方箋を引ったくった。

「欲しくないなら、けっこう、ほかの人間に渡す」運転手は言った。

「いやいや、欲しいさ、欲しい」ボッシュは言った。「ここでいったいなにが起こっているのか知りたいだけだ」

「われわれはビジネスをしている」運転手は言った。「おまえは薬を欲しがっている、だったらおまえは働くんだ。われわれはわかちあう」

「なにをわかちあうんだ？」

「錠剤をわかちあう。ひとつはおまえに、ふたつはおれに、そんなふうに」

「おれにとって美味しい取引には聞こえないんだが。思うんだが、おれはただ――」

「無限に供給される。われわれが処方箋を処理し、おまえが薬を受け取る。簡単だ。一錠につき一ドル支払う。だから、薬と金、両方もらえる。答えはイエスか？」

「一ドルだって？　二十ドルもらえる場所を知ってるぞ」

「うちは量を提供する。身の安全も保証する。寝るところもある」

「寝るところって、どこに？」

「仲間に入るなら、教えてやる」

ボッシュは奥の壁にまだもたれている男を見た。メッセージは明らかだった。仲間になるか、制裁を食らうかだ。ボッシュは顔に諦めの表情を浮かべた。

「いつまで働かなきゃならんのだ？」ボッシュは訊いた。

運転手は肩をすくめた。

「だれも辞めない」彼は言った。「金と薬はとてもいいものだ」

「ああ、だけど、辞めたくなったら？」

「辞めたくなったら、辞めるがいい。それだけだ」

ボッシュはうなずいた。

「わかった」ボッシュは言った。

運転手は部屋から出ていった。カウンターの男が近づいてきて、ボッシュに身分証明書とメディケア・カードを返した。

「もういっていいぞ」男は言った。

「いくってどこに？」ボッシュは訊いた。

「ヴァンに乗れ。正面に停まっている」

「わかった」

カウンターの男はドアを指し示した。ボッシュはバックパックと杖を床から拾い上げ、ドアに向かった。普通の足取りで歩いていた。サポーターは膝の下までずり下げていた。

ボッシュはクリニックのなかを来たときの経路を戻って、正面ドアから出た。うしろにカウンターの男を従えて。ヴァンは正面に停まっており、受け子たちがサイドドアから乗りこんでいるところだった。ボッシュは運転手がステアリングホイールのまえに座り、振り返って、ドア越しに自分をじっと見ているのに気づいた。運転手とボッシュはふたりともここがその気になればボッシュが逃げだす瞬間だとわかっていた。ボッシュはあたりを見まわし、サンフェルナンド・ロード越しにホワイトマン空港の管制塔を見た。自分がそこから監視されており、シャドー・チームが近くのどこかに隠れているのをボッシュは知っていた。すばやく拳を突き上げるのが合図だった。もしボッシュがその動きをすれば、彼らはボッシュを奪還するために急襲をかけてくるだろう。そしてそうなったら今回の作戦はおじゃんになるだろう。

ボッシュは運転手に視線を戻した。最後の受け子がヴァンのなかに入り、ボッシュの番になった。ボッシュは選択肢を持たない人間のように首を横に振ると、ヴァンに乗りこんだ。運転手の背後のベンチシートに体を押しこみ、頭を剃り上げた女性の隣に座った。ボッシュはバックパックを運転席と助手席のあいだのスペースに置いた。そこにはだれも座っていなかった。

カウンターの男がドアを大きな音とともにスライドさせて閉め、屋根を二度叩いた。

ヴァンが縁石から離れて発進した。だれもが黙っていた。運転手すら黙っている。ボッシュはまえに身を乗りだし、運転手の顔が一番よく見える角度に体の向きを変えた。

「どこにいくんだ？」ボッシュは訊いた。

「次の場所に」運転手は言った。

「どこだよ？」

「しゃべるな。言われたことをやるだけでいいんだ、じじい」

「おれの携帯電話はどこだ？　娘に電話をかけなきゃならないんだ」

「だめだ。もうだめだ」

剃り上げた頭の女性がボッシュの脇腹を肘で突いた。ボッシュは女性のほうを向いた。彼女はただ首を横に振った。その黒い瞳が、もしボッシュが話しかけるのをつづければ、自分たち全員に悪い結果が降りかかると告げていた。

ボッシュは座席に寄りかかり、話すのをやめた。まずすばやくヴァンのなかを見まわした。運転手のうしろの座席にほかに十一名がいるのを数える。彼らの多くは、火曜日の監視の際に目撃した人間たちだった。男も女もいる——年輩で、憔悴し、うらぶれている。ボッシュは顎を引き、他人に干渉しない態度を取った。隣にいる女性は膝の上にきつく組み合わせた手を置いていた。左手の親指と人指し指のあいだの水かきにある、素人が彫ったと思しき三つの星形をした小さなタトゥがボッシュの目に入った。タトゥの墨は黒く、星の先端は鋭かった。そのタトゥは、ボッシュ自身のタトゥほど古くはないようだった。

ヴァンはボッシュとルルデスが週の前半に目撃していたのとおなじルートをたどった。車はゲートを抜けてホワイトマン空港に入り、スカイダイビング用飛行機が待っている格納庫に入った。ヴァンから乗客が降りた。一行は飛びだし口から飛行機に乗りはじめた。ボッシュは隣の女性を先にヴァンから降ろすと、ヴァンのなかに留まった。

「おいおい、ちょっと待った」ボッシュは運転手に向かって叫んだ。「これはいったいなんだ？」

「これは飛行機だ」運転手は言った。「おまえは乗るんだ」

「いったいどこへいくんだ？　こんなことするための約束はしていないぞ。処方箋を寄越してくれ。おれはここでやめる」

「いや、おまえは乗るんだ。さあ」

男は座席の下に手を伸ばし、なにかをつかんで腕の筋肉が引き締まるのをボッシュは見た。つかんだものがなんなのか見せずに男はボッシュを振り返った。だが、言わんとしていることは明らかだった。

「わかった、わかった」ボッシュは言った。「乗るよ」

ボッシュが飛行機に乗りこんだ最後だった。内部の両側に縦方向にベンチが配置されており、シートベルトがだらんと垂れ下がっていた。人々はシートベルトのバックルをはめようとしていた。ボッシュは星のタトゥのある女性の隣に空きスペースを見つけ、そこに座った。今回は女性の左側だった。

飛行機のエンジンの騒音にまぎれて、彼女はボッシュのほうに体を寄せ、耳元で話しかけた。

「地獄へようこそ」

ボッシュはのけぞり、女性を見た。彼女がかつては美しかったのが見て取れたが、その目がいまは死んでいた。少なくとも五十はいっているとボッシュは推測したが、ひょっとしたら数歳若いかもしれなかった。いつから中毒で体を痛めつけてきたかによるが、かなり若い可能性もあった。彼女から土っぽい香りがした。だれかを思いださせるものがあった——頬骨の角度で。インド系の血が入っているようだった。剃り上げた頭は自分の杖や膝サポーターのような見せかけの小道具なんだろうか、とボッシュは思った。病気の人間、もしかしたら放射線治療を経た人間のようなふりをしているのか。

だれにわかる？　ひょっとしたら全部本物かもしれない。ボッシュは返事をしなかった。彼女になんと言ったらいいのかわからなかった。

ボッシュは飛行機のなかを見まわし、搭乗する際に前方に座っているひとりの男のそばを通り過ぎていたのに気づいた。明らかに違法活動の仲間のひとりだ。男は若くて筋肉質で、東欧の顔立ちをしていた。男はコックピットと乗客席をわけているアルミ製の間に合わせの壁に背を向けていた。壁には小さな引き違い窓があったが、目隠しがされており、ボッシュのほうからパイロットは見えなかった。

まえにいる男が手をうしろに伸ばして、隔壁のパネルをノックした。すぐに飛行機は飛行場に向かって移動をはじめた。いったん滑走路に入ると、機体はスピードを上げ、すんなり離陸して、空に昇っていくようだった。勾配と重力が女性をうしろへ引っ張り、ボッシュのほうに滑らせた。ボッシュは彼女の肩に手を置いて姿勢を安定させてやろうとした。ドライアイスに触られたかのように彼女はビクッとしてボッシュから離れ、片方の腕を上げて、触るなというジェスチャーをした。

まだ上昇をつづけながらも飛行機は南方向にバンクしはじめた。ボッシュは彼女に触れないように体を近づけて、可能なかぎり声を潜めて話しかけた。

「どこにいくんだろう？」

「いつもいっているところ。話しかけないで」

「きみが話しかけてきたんだぞ」

「ミスだった。お願いだから、話しかけるのをやめて」

飛行機はエアポケットに陥り、不規則な振動をはじめた。女性はふたたびボッシュのほうへ投げだされたが、スカイダイバーたちがジャンプ台へ近づくのに用いられていた頭上のハンドルをつかんで、姿勢を安定させた。

「大丈夫か？」ボッシュは訊いた。

「ええ」彼女は言った。「離れてよ」

ボッシュはもう話しかけないことを告げる仕草を手でおこなった。タトゥについて訊きたかったのだが、相手の目に恐怖心が浮かぶのを見て取った。飛行機の前方を見たところ、その理由がわかった。彼女と意思疎通をはかろうとするボッシュの努力は、まえにいる筋肉男の関心を惹いていた。ボッシュは、話しかけようとしたのは終わったと相手を安心させようとする合図を手でおこなった。

ボッシュは自分の背後にある窓のほうを向き、シェードを持ち上げようとしたが、恒久的に閉じられているようだった。飛びだし口の窓だけ、覆われていなかったが、ボッシュからは遠すぎて、眼下を過ぎていく地形を確認できなかった。ボッシュの位置からの角度だと、雲のない青空しか見えなかった。

ホーヴァンとDEAは、約束したように、この飛行機を追跡しているのだろうか、とボッシュは思った。このセスナ機のトランスポンダは作動していないのを彼らはすでに調べて知っていた。空中からの視認による追跡に頼らざるをえないだろう。ボッシュの財布に隠された装置は、地上での短距離追跡用だった。

　ボッシュは飛行機の両側に沿って並んでいる人々の顔を見た。一世紀まえの中南部大草原地帯砂塵嵐《ダスト・ボウル》災害の写真に写っていた被害者とおなじような、ひどく痩せ、哀れな様子の十一人の男女。目になんの希望もなく、家と呼べる場所を持たず、薬物中毒に囚われている人々。まわりになじめず、これからもなじめないのが予想される、国家的危機の末端で家畜のように世話をされている人々。

　ボッシュは座席の背にもたれ、計算をした。この飛行機に乗っている十二名が、サントスの違法活動のため、それぞれ一日百錠手に入れるなら、市場では最安値でも一服三十ドルになる薬が千二百錠手に入る。ここの班員《クルー》だけで一日三万六千ドル稼げることになる。年千三百万ドル以上だ。ほかにも班員がおり、ほかの違法活動がおこなわれているのをボッシュは知っていた。

　金と数字は莫大なものだった。すべての州、都市、街に浸透し、そこが求める需要を満たす巨大企業のような存在だった。星のタトゥの女性が地獄へようこそと言ったわけをボッシュはわかりはじめた。

24

空中でボッシュは飛行機が方向転換するのを感じ取った。大きく旋回し、高度を変え、上昇下降を繰り返していた。空中での監視の有無を見定めようという行動だとボッシュは推測した。わからなかったのは、これがいつもおこなっている行動なのか、自分がいるせいなのかということだった。ジェリー・エドガーが言っていた男に降りかかった運命を思い浮かべる。ＤＥＡによって協力者に転向させられ、飛行機に乗ったはいいが、着陸したときにはいなかった受け子。

やがて飛行機は段階的な下降に移り、離陸から二時間近くして、乱暴に着陸した。時間に関してはボッシュの推測にすぎなかった。腕時計を身につけていなかったのだ。社会から外れた放浪者という見せかけの一環として。

全員が黙って、列を乱さずに、飛行機から降りた。自分たちがいるのは砂漠の滑走路だとボッシュは見て取った。太陽に焦がされた平地のまわりを茶色い山々が囲んでいた。ボッシュにわかる範囲では、メキシコにいるのかもしれなかったが、ほかの乗客のあとにつづいて待機しているヴァンに向かいながら、ボッシュはあたりを見まわした。濃いにおいと、周囲の地面の白い塩っぽい塊から、自分たちがソルトン湖に近いところにいる可能性が高い、とわかった。ジェリー・エドガーから聞いた情報が役立った。

ボッシュはヴァンの窓際の席に座り、自分のいる場所をさらに観察できるようになった。滑走路の先にさらに二機のスカイダイビング用飛行機が駐機しているのが見え、その向こうで太陽が空に低く浮かんでいた。それで自分の向いている方角がわかり、ほどなくしてヴァンが飛行場から南へ向かっているのをボッシュは把握した。

ボッシュは手に星のタトゥがある女性を捜して、あたりを見まわし、彼女がふたつまえのベンチに座っているのを見た。両腕で自分の体をかき抱き、まえのめりになって、肩を強ばらせていた。ボッシュはその行動に見覚えがあった。それを見て、自分が中毒者のふりをしているにすぎない事実を否が応でも思い知らされた。ヴァンに乗っているほかのだれもが本物の中毒者だった。

三十分の移動ののち、ヴァンは、ボッシュが事件を追って、メヒカリのバリオや国境沿いのほかの場所にいったとき目にしたバラック地区のように見えるところに入っていった。RVやバス、テント、アルミシートや防水シート、その他の建築廃材でできた小屋が集まっている場所だった。

ヴァンが停車しないうちに乗客たちは、まるでこの旅の次の行程が待ちきれないかのように座席から立ち上がり、サイドドアに詰めかけた。

ボッシュは座席に座ったまま、さきほどまでとても静かに、おだやかに座っていた受け子たちが我がちに押し合いへし合いしている様子を眺めていた。手に星のタトゥのある女性が、ひとりの男の腕をつかんで引っ張り、いい場所を取ろうとしているのを見た。

ドアがスライドしてひらき、ほぼ全員がヴァンから溢れるように外へ出た。サイドウインドー越しにボッシュはそのわけを知った。この野営地から出てきて、ドアをあけた男が、ヴァンの乗客たちそれぞれに夜の分の鎮痛剤を与えていたのだ。男は受け子たちがヴァンのドアから出てくると、彼らの差しだす手に錠剤を置いていった。

潜入捜査員としての自分の偽りの立場を守らねばならないのを悟り、ボッシュは立ち上がると、肩にバックパックをかけ、座席から滑りでた。外に出ようと列に並んでいる最後の男のうしろにつき、空いている手を相手の肩にかけ、後ろのほうにグイッと引っ張り、あいたスペースに入れるようにした。

「おい、なにをするんだ！」男は怒鳴った。

ボッシュは相手が自分の場所を取り戻しに来た気配を感じた。振り返り、杖を掲げ、両手で斜めに構えた。ボッシュに向かってきた男はかなり若かったが、薬物中毒のため弱っていた。ボッシュは杖で易々と男の攻撃を逸らし、男は後ろ向きにベンチシートの横の通路に倒れた。ボッシュは男から目を離さずにジリジリとドアに近づいた。

ボッシュはヴァンから降りた最後から二番目で、待っていた男がボッシュの掲げたてのひらに淡い緑色の錠剤を一個載せた。ボッシュはヴァンから歩いて遠ざかりながら錠剤を見て、そこに80の文字が捺《お》されているのを見つけた。ボッシュと揉めた男が次に出てくると、彼もまた一錠受け取った。

「いや、いや、いや、ちょっと待った」男は言った。「もっと要る。二錠要るんだ。二錠くれ」

「だめだ、一錠だ」配っている男が言った。「おまえ喧嘩した、一錠、それだけだ。さっさといけ」

男の訛りはパコイマのクリニックにいたふたりとは若干異なっているようだったが、それでも東欧圏の国出身のようにボッシュには思えた。

ボッシュと揉めた中毒者は、手中の一個の錠剤をまじまじと見つめた。そこに浮かんだ苦悶の表情は、心底絶望した者たちの顔に浮かんでいたのを見た記憶がボッシュにあるそれと同種のものだった――数十年まえにヴェトナムで見た難民や、ハリウッドの不法占拠場所で見かけた麻薬中毒者の表情だ。その表情はつねにおなじことを訴えていた――どうすりゃいいのだろう？

「頼む」男は言った。

「さっさといけ、ブロディ、さもなきゃ消すぞ」配給者は言った。

「わかった、わかった」中毒者は答えた。

ふたりは、ほかの者たちについていき、露営地に入っていく列を作っていた。ボッシュはブロディと呼ばれた男から目を離さずにいられるよう、列の最後の位置を取った。歩いていると、星のタトゥの女性に気づいた。彼女は数人先にいて、ポケットからなにかを取りだしていた。すると体のまえに両手を持っていった。肩の動く様子から、ボッシュは彼女が見えていない手のなかでなにかをまわしているのがわかった。それが粉砕器だとボッシュは知っていた。待てないくらいどうしても一服する必要があるのか、男たちのだれかに、ひょっとしたらブロディに、自分の錠剤を奪われてしまうのを心配しているかのどちらかだろう。

ボッシュは彼女が両手を顔に持っていき、口と鼻を覆うと鼻から吸っているかのような仕草をするのをじっと見ていた。彼女は歩きながら粉にした錠剤を吸っていたのだ。

ブロディが歩きながら首だけひねり、ボッシュをねめつけた。ボッシュは手を伸ばし、ゴムの石突きが付いた杖の先端でブロディの背中のまんなかを押した。強い押しだ。

「歩きつづけろ」ボッシュは言った。

「おまえに八十ミリ貸しだぞ、じじい」ブロディは言った。

「ああ、取り立てに来い。いつでもかまわん」

「ああ、そうする。そうしてやるぜ」

ブロディはウインドブレーカーの袖を腰のまわりで結び、黄色く変色したTシャツが骨張った肩から垂れ下がっていた。うしろの位置から、ブロディの両腕の上腕三頭筋にタトゥが入っているのがボッシュに見えたが、それらは刑務所の監房で調合されたインクによって入れられたもので、ぼやけ、判読不能になっていた。

飛行機に乗っていた男と出迎え係兼薬配給者は、一行をひらけた場所へ歩いていかせた。そこはこの露営地の中心であるようだった。三角形の帆布が頭上に張られて、日中の日陰を提供するようになっていたが、太陽はいまでは地平線の山の向こうに沈んでおり、気温は下がりはじめていた。コンクリートの床があり、ボッシュはこの地域の非公式名称の由来であるコンクリート板《スラブ》の一部だと推測した。

シェード用三角帆布の一枚の下にあるテーブルにひとりの男が座っていた。一行はヴァンの運転手に促されて、そのスペースに入っていった。一行はテーブルの男を見、男は彼らにうなずいた。ボッシュは座っている男の赤いシャツにバッジがピン留めされているのを見た。ブリキ製の民間警備員バッジのようだった。だが、それが男をスラブ・シティの保安官に仕立てているようだった。テーブルには段ボール箱がふたつ載っていた。

潜入捜査作戦がはじまるまえの朝の情報会議で、ボッシュはＤＥＡが持っている数枚のサントスの写真を見た。いずれの写真も三年まえより新しいものではなかったが、テーブルにいる男がサントスでないのは明らかだった。

保安官は立ち上がり、目のまえに立っている全員のくぼんだ目を見た。

「食い物はここだ」保安官は言った。「ひとり一個だ。持っていけ」

男はテーブルの段ボール箱をあけはじめた。錠剤が配られたときのように急ぐ者は一行のなかにいなかった。食べ物は彼らの生活のなかでもっとも欠くべからざる部分ではないのが明白だった。ボッシュはだれにも押されずにまえへ進みでて、テーブルにたどり着くと、一方の箱には、パワーバーが入っており、もう一方には容器に入れられ、ホイルに包まれたブリトーが入っていた。ボッシュはパワーバーを手に取り、背中を向けた。

一行は散開しはじめた。人々はバラバラの方向に向かった。自分を除いて、だれもが行き先を持っているのがボッシュにははっきりわかった。ブロディはもう一度ボッシュをにらむと、シロアリ駆除時の仮住まいのテントに利用された帆布で作られたような大きな黄色と黒のテントのあいている入り口に向かった。

さまざまな方角へ移動する人々に紛れて、ボッシュは片膝を突き、杖とパワーバーをその横に置くと、ワークブーツの紐を結び直しはじめた。ジーンズの右脚の裾には、ナルカンの薬剤が隠されており、左脚の裾の内側には縫い目に隙間があいていた。そこは渡された錠剤を押しこめる場所だった。服用を避けられるようにするためだったが、最終的な起訴手続きの際に証拠として利用するため、錠剤は残しておく必要があった。前日の訓練時にその靴紐結びの動作を何度も練習していた。ハイトップのブーツの靴紐に手を伸ばすため、ジーンズの裾をたくし上げた際、ボッシュは錠剤を裾の内側の穴に滑りこませた。

立ち上がると、星のタトゥの女性がボッシュのそばをかすめるように通り過ぎ、囁いた。「用心しときな。ブロディは今夜、あんたを襲いに来る」

そう言うと、彼女はブロディが姿を消したテントに向かって立ち去った。ボッシュはなにも言わずに彼女が歩いていくのを見つめていた。

「おまえ」

ボッシュは振り返り、テーブルに座っている男を見た。男はボッシュの背後を指さしていた。

「おまえはそこに入れ」男は言った。「あいているベッドを使い、そのクソを下に置いておけ。あしたはそのバックパックをいっしょに持っていけない」

ボッシュは靴紐を結び終えながら、背後を確認した。保安官が指さしているのは、古いスクールバスのうしろだった。生徒の送り迎えをしたキャリアの次に現場作業員を運んで十年ないし二十年働いたかのように見える古さだった。当時は緑色に塗られていたが、いまはボロボロに剝がれていた。塗装はとっくの昔に色褪せ、酸化していた。窓も上から塗り潰されていたり、内側からアルミホイルで覆われたりしていた。

「バックパックにはおれの持ち物が全部入ってるんだ」ボッシュは言った。「要るんだ」

「それを置いておけるスペースはない」保安官は言った。「ここに置いておけ。だれも触らん。持っていこうとしてみろ、飛行機から放りだしてやる。わかったか？」

「ああ、わかった」

ボッシュはよっこらしょと立ち上がり、バスに向かって歩いていった。うしろのドアには二段のステップがあり、ボッシュはそこから入った。内部は暗く、空気は淀んで饐《す》えたにおいが漂っていた。蒸し暑かった。保安官が言っていたベッドは軍の放出物資の寝床で、狭い通路をあいだに挟んでバスの両側に端から端まで並んでいた。通路をゆっくり進みはじめると、比較的澄んだ空気があるのはいま通ったばかりのドア付近だとすぐにわかったのだが、そのまわりの寝床はすでに埋まっており、そこにいる男たちは眠っているか、横になって死んだ目でボッシュを見ていた。

右側の一番奥にある寝床が空いており、未使用なようだった。ボッシュは床にバックパックを置くと、足でそれを寝床の下に押しやった。それから寝床に腰を下ろし、まわりを見た。体臭と臭い息とソルトン湖の悪臭がまじりあって、胸がむかつくにおいがしており、ボッシュは、何年もまえに、検屍解剖に立ち会ったあとでジェリー・エドガーが言った言葉を思いだしていた――においってのは微粒子なんだ。ボッシュはその場に座りながら、自分がバスのなかにいる薬物中毒者たちから発せられる微細粒子を吸いこんでいるのだと悟った。

ボッシュは手を下へ伸ばし、寝床の下からバックパックを引き上げた。ジッパーをあけ、服のなかを掻きまわして、DEA潜入捜査教官のひとりから押しつけられたバンダナを見つけた。それを三角に折り、口と鼻を覆うように顔を包んで結んだ。西部劇に出てくる列車強盗のようだった。

「そんなことしても無駄だよ」

ボッシュはまわりを見まわした。バスの天井の隅はいずれも丸くなっているため、声がどこから聞こえたのかわからなかった。だれもが眠っているか、ボッシュに興味がないように見えた。

「ここだ」

ボッシュは振り返り、反対側を見た。運転席に男がひとり座っており、埃っぽいダッシュボードのミラー越しにボッシュを見ていた。

「どうして無駄なんだ？」ボッシュは訊いた。

「なぜならこの場所は癌みたいなものだからだ」男は言った。「なにもそれを止められない」

ボッシュはうなずいた。男の言うことはたぶん正しかった。だが、ボッシュは覆面をつけつづけた。

「そこがあんたの寝るところか？」ボッシュは訊いた。

「ああ」男は言った。「横になれないんだ。目まいがするので」

「いつからここにいるんだ？」

「いやになるくらいまえからだ」

「あいつらはここに何人住まわせているんだ？」

「質問が多すぎるぞ」

「すまん、たんに会話をしたかっただけさ」

「ここじゃ会話は好かれていない」

「そうらしいな」

ボッシュはバックパックのなかに両手を戻した。Tシャツの一枚を取りだすと、それを丸めて枕にした。ドアを見張っていられるよう、ボッシュはバスの後方に足を向けて横になった。パワーバーを見る。見たことのないブランドだった。腹は空いていなかったが、エネルギーを保持するために食べなければならないだろうか、と考えた。

「で、あんたはなんて名前だ？」ボッシュは声をひそめて訊いた。

「聞いてどうする？」運転席の男が言った。「テッドさ」

「おれはニックだ。ここはどうなってるんだ？」

「ほらまた質問だ」

「自分がなにに巻きこまれたんだろうと思っているだけだ。強制労働所かなにかみたいな感じがする」

「そのとおりだ」

「逃げられないのか？」

「逃げられる。だけど、計画が必要だ。おれたちゃ、まわりになにもないところのどまんなかにいる。街に入るまで待つんだ。あいつらは見張っているから、大丈夫だと確信するまで待ったほうがいい。おれたちゃひとりひとりがあいつらにとって大金なんだ。そんなものをただ手放したりはしないぜ」

「ノーと言うべきだったとわかってる」

「それほどひどいものでもない。食べ物と薬はくれるんだ。たんにあいつらのルールに従わなくちゃならないだけだ」

「わかった」

ボッシュは中央通路の先、バス後方の開いているドア方向に視線を漂わせた。バンダナをあごの下に引き下げ、パワーバーを剝きはじめた。それが自分を眠らせず、警戒させてくれるよう願う。

自然光はもうほぼなくなっていた。ここに来てはじめて、ボッシュは胸のなかに張りつめた緊張感を抱きはじめた。ここには大きな危険がある、とボッシュはわかっていた——あらゆる方向からやってくる危険が。五分でも眠る危険を冒せないとわかっていた。ましてや夜通し眠るなんてもってのほかだった。

25

ブロディは真夜中にやってきた。だが、ボッシュはブロディに対する身構えができていた。

月明かりがバスの後方ドアにブロディのシルエットを浮かび上がらせ、ほかの連中が寝ている寝床のあいだの通路をこっそり進んでいるのを知らせた。ブロディが片手になにかつかんでいるのをボッシュは見て取れた。ナイフのような小さいなにかを。ボッシュは右側を下に横になっており、そちら側の腕を肘のところで曲げて、腕枕をしているように見せかけていた。だが、背後にまわした逆の手で杖を強く握り締めていた。

ボッシュはブロディが盗みに来たのか、襲いに来たのか、わざわざ待って判断したりしなかった。陰になった人影がなんらかの接近行動を示す暇を与えず、杖を勢いよく振るって、袈裟懸けにブロディを殴り、あごの線から耳にかけて衝撃を与えた。ブロディはうしろの寝床にすぐさま倒れ、眠っている男を起こした。男はうめいて、ブロディを押しのけた。ブロディの武器であったドライバーが床の上に音を立てて転がった。ボッシュはすばやく寝床から離れ、寝床のあいだの通路に倒れたブロディの上に乗って跨がり、杖を閂《かんぬき》のように持って相手の首に押しつけた。ブロディは両手で杖をつかみ、喉を潰されまいとこらえた。

ボッシュは圧力を均等にかけた。ブロディの呼吸を苦しくさせるほど強いが、完全に断つほどではない力で。ボッシュはかがみこんで、強ばった声で囁いた。

「次に来たら殺すからな。まえにもやったことがあるし、もう一度やってもかまわん。おれの言うことがわかったか？」

ブロディは喋れなかったが、精一杯うなずいた。

「いまから離してやる。おまえは自分の穴蔵に戻るんだ。二度とめんどうをかけるな。わかったか？」

ブロディはふたたびうなずいた。

「よし」

ボッシュは圧力を緩めたが、男を解放してやるまえに一瞬躊躇した。裏切られる場合に備えておきたかった。だが、ブロディは裏切らず、杖を握っていた手を緩め、両手を広げて指をひらいた。

ボッシュは立ち上がりはじめた。

「よし、ここから出ていけ」

なにも言わずにブロディは体を起こし、立ち上がった。バスの後方の出入り口を目指して、通路を足早に通っていく。もしブロディがまた襲ってきたら今度はためらわないだろう、とボッシュは思った。

ドライバーを拾い上げ、バックパックを寝床の下から引っ張りだした。

メイン仕切りの底にドライバーを隠していると、バスの前方席から囁き声が聞こえた。

「みごとなスティックさばきだったな」テッドが言った。

「杖だよ」ボッシュは言った。

ボッシュはブロディがバスの外で、いまの揉めごとを耳にしたかもしれない保安官あるいはほかのだれかと相対しているかどうか、耳を澄まして様子を窺った。だが、外からは沈黙のみが返ってきた。ボッシュはしゃがんで、バックパックに手を伸ばし、すばやくロサンジェルス・レイカーズのロゴが入った黒いTシャツに着替えた。それから下剤の壜をポケットのひとつに押しこんで、立ち上がり、バスの後方にある出入り口のほうを向いた。

「どこにいくんだ？」テッドが声をひそめて訊いた。「外に出るんじゃない」

「このあたりでトイレにいこうとしたらどこにいくんだ？」ボッシュが言った。

「自分の鼻に従うんだな。キャンプの南側にある」

「わかった」

ボッシュは、ところどころ寝床から外へ投げだされている人間の手足にぶつからないよう気をつけながら、通路を移動した。ドアにたどり着くと、暗がりのなかでじっとして、ここにやってきたときに保安官が座っていたひらけた場所に目を凝らした。だれもいなかった。テーブルすらなくなっていた。

ボッシュはステップを降り、バスの外にじっと佇んだ。ソルトン湖の悪臭がまだただよっていたが、バスのなかで呼吸するより、空気は涼しく、新鮮だった。ボッシュはあごの下までバンダナを下ろし、首のまわりにぶら下がるに任せた。耳を澄ます。夜は涼しく、静かだった。星が頭上の黒い空で燦然《さんぜん》と輝いていた。キャンプ内のどこからか、あるいはキャンプの近くから届くエンジンの低いハム音が聞こえる気がした。音がする方向はまったくわからなかった。

どこにいけば排泄できるのかテッドに訊いたのは、口実だった。このキャンプをよく調べる以外の計画を持っていなかった。もしダーティ・デニムの作戦になんらかの追跡捜査が必要な場合、あとで捜索令状を書く際に役に立つよう目標となるものや広さを把握しておく必要があった。

ボッシュはバスから遠ざかり、ブロディに割り当てられた場所だとわかっているテントと、バラックの建物が並んでいるあいだの小道をてきとうに選んだ。ボッシュは足早に、静かに歩き、自分がエンジン音から遠ざかろうとしているのをすぐに悟った。小道をたどって、キャンプの南境界までやってくると、平台トレーラーの上に並んでいる四台のポータブル・トイレからすさまじいにおいがただよっていた。仮に数ヵ月ではなくとも数週間はポンプで汲み取られていないにおいだった。

ボッシュは動きつづけ、時計回りにキャンプの外周に沿って歩いた。外側から見ると、ここ数年、ロサンジェルスのほぼすべての空いた駐車場や公園に生まれたホームレスの露営地と大差なかった。

キャンプの北側に向かって歩いていると、エンジンの低いハム音は徐々に大きくなり、やがて一台のダブルワイド・トレーラーハウスに近づいていた。内部に明かりが灯っており、トレーラーハウスから五十メートルほど離れた裏手の低木のなかに置かれた発電機から電気を供給されているエアコンが稼働していた。

スタッフの居住区画だな、とボッシュは推測した。保安官と薬剤配給者、それにおそらくボッシュが見かけた飛行機のパイロットたちもいっしょにエアコンの効いた快適さを享受していた。通りかかった態で用心しながら近づくと、すぐにトレーラーハウスのうしろに二台のヴァンが隣り合って停まっているのを見かけて、さきほどの推測は確かだとわかった。加えて、明かりが灯っている窓のカーテンの向こうに人影が通り過ぎるのが見えた。だれかがトレーラーハウスのなかで動いていた。

ボッシュはすばやくヴァンに向かって移動し、それを隠れ蓑にした。いったんそこへたどり着くと、ヴァンの一台のバックコーナーに体を密着させ、トレーラーハウスの上のほうの縁に目を凝らし、監視カメラの有無を探った。

カメラがありそうな様子はなかったが、あまりに暗くて確かなことはわからなかった。また、侵入者に対する守りとして、ほかのあらゆる電子的手段が取られている可能性がある、とわかっていた。それにもかかわらず、ボッシュはダブルワイド・トレーラーハウスの内部を覗いてみる危険を冒そうとした。

ボッシュは明かりの灯っている窓に近づいた。その隣のドアには大きく**立ち入り禁止**の標識が貼られており、「違反者は撃たれる」と注意喚起の文言が付け加えられていた。

ボッシュはひるまずに進んだ。カーテンは全面的に窓を覆っているわけではなかった。五センチほどの隙間があり、左あるいは右に動くことで、部屋のなかを視覚的に把握できた。

室内にはふたりの男がいた。彼らは白人で、ふたりともタンクトップシャツを着て、腕と肩にびっしり入ったタトゥをあらわにしていた。ふたりはテーブルをあいだにはさんで腰を下ろし、カードゲームをして、ラベルの貼られていないボトルから透明な液体を直接飲んでいた。テーブルの中央には、淡い色の錠剤が山になっていて、ボッシュは、オキシコドン錠剤がゲームの賭け金がわりになっていると気づいた。

ひとりが勝負に負けたらしく、相手がはしゃいで片手で大量の薬を片側に寄せると、もうひとりの男は腹立たしげにカードの一部をテーブルから払って、下に落とした。その動きにつられて目を動かしたボッシュは、部屋に三番目の人物がいるのに気づいた。

左側にある生地の擦り切れたカウチに裸の女性が横たわっていた。顔と体は、背もたれのクッションのほうを向いており、女性は眠っているのか、意識を失っているかのように見えた。ボッシュから女性の顔は見えなかったものの、なにが起こっているのか判断するのに天才は必要なかった。ボッシュは激しい嫌悪感に襲われて、一瞬、うつむいた。法執行機関に永年務めていて潜入仕事を避けていたのは、まさにこの理由からだった。殺人事件捜査員として、ボッシュは人がたがいにおよぼせる最悪のものを目にしてきた。だが、ボッシュが目撃者になるころには、犯行はすでにおこなわれていて、被害は終わっていた。どの事件も精神的な傷痕を残していったが、正義をもたらすことでバランスが取れていた。ボッシュはすべての事件を解決したわけではなかったが、すべての事件におのれの最善を尽くしたという達成感はあった。

だが、潜入捜査になると、正義を果たすという安全な領域から移動し、人でなしどもの世界に入っていくことになる。人がおたがいを獲物にする様《さま》を見ても、潜入していることをバラさずに打てる手は何もなかった。捜査を最後までやり抜くには、すべてをのみこんで、手を拱《こまね》いている必要があった。ボッシュはトレーラーハウスのなかに突撃し、あの女性をこれ以上の虐待から一刻もはやく救いだしたかったが、それはできなかった。少なくともいまは。求めているより大きな正義があった。

ボッシュは女性から目を逸らし、ふたりの男を見た。ふたりがロシア語を話しているのは明白に思えた。それぞれの腕に入れられたタトゥの文字もロシア語のようだった。ふたりとも、警官がいう〝囚人ボディー〟をしていた――刑務所で何年もワークアウト――腕立て伏せ、腹筋、懸垂――をつづけてつけた筋肉で上半身は特大サイズになっているが、脚はその過程で無視されていた。ひとりのほうが明らかに年上だった。三十代なかばで、兵士風の短髪にしていた。もうひとりの男は三十歳くらいだとボッシュは見こんだ。ブロンドに染めている。

ふたりの体の大きさと動きをじっくり見て、記憶に残っている薬局の銃撃のビデオ映像と、ホワイトマン空港での送り迎えで見かけた連中とを比較してみた。このふたりは銃撃犯でありうるのか？　確実なところはわからないにせよ、室内にいる男たちが女性を虐待しているのにまるで平然としている様子に手がかりがある、とボッシュは思った。彼らは女性にドラッグを飲ませ、レイプし、服を着せずにカウチに放置した可能性が高かった。そんな悪行を働いた人間は、それが殺人になってもおなじく平然たる態度を示せるだろう、とボッシュは信じていた。この連中は、ホセ・エスキベルとその息子を銃殺したふたりだ、とボッシュの勘は告げていた。

そしてこのふたりがサントスのもとにボッシュを連れていってくれるだろう。

ボッシュは可動性住居のアルミの車体に光が反射するのを目にし、振り返った。懐中電灯を持った男が近づいてくるのが目に入った。ボッシュは急いでしゃがんでヴァンの方向へ戻り、二台のあいだに滑りこんだ。

「おい！」

ボッシュは見つけられた。車のうしろへ移動し、判断を下さなければならなかった。

ボッシュはすばやくヴァンの車窓の下までしゃがみこみ、可動性住居から一番離れたヴァンの外側にまわりこんだ。懐中電灯を持った男は走って近づいてきて、ヴァンのあいだの通り道、侵入者を見かけた最新の場所を進んだ。

ボッシュは一拍待ってから、トレーラーハウスの角を目がけて走った。そこにたどり着けたら、自分と懐中電灯のあいだのブラインドにトレーラーハウスを使えるとわかっていた。走りながら、ボッシュは男があわてふためいてしゃべっているのを耳にし、男が無線を持っているにちがいないと悟った。それは警備巡回をしている人間がこのキャンプには少なくとももうひとりいるだろうということだった。

ボッシュはもう一度怒鳴られることなくトレーラーハウスの角にたどり着いた。壁に体を密着させ、縁からまわりを見た。発電機の近くに懐中電灯の光が見えた。つまり、五十メートルくらいの距離があった。ボッシュが露営地目指して駆けだそうとしたそのとき、自分のほうへもうひとつの懐中電灯がやってくるのを見た。ボッシュに選択の余地はなかった。左側へダッシュし、ふたりめの捜索者に見咎められないうちに古いＲＶにたどり着き、それを掩蔽物《えんぺいぶつ》にできればと願った。

肺が焼けるようになりながら、ボッシュは光線が当たるまえにRVのうしろを通り過ぎた。

さらなる話し声や叫び声が聞こえ、この騒ぎでなにが起こったのか確かめようとするロシア人たちを可動式住居から引っ張りだしたのがわかった。

ボッシュは動きつづけた。すぐにこの運動からくる疲労に襲われはじめていた。キャンプの縁に沿って進んで、ポータブル・トイレまでたどり着いた。個室のなかに隠れようかと考えたが、そうしない判断を下した。回れ右すると、キャンプに入っていき、バスに戻る道をたどりはじめた。シャツで顔の汗を拭ってから、なにげないそぶりで歩いた。

うまくいかなかった。バスのうしろの空き地で、彼らは待ち構えていた。ボッシュはまず懐中電灯の光を浴びせられ、次に背後から地面に押し倒された。

「いったいなにをしてんだ？」声がかかった。

ボッシュは土と砂にまみれた両手を掲げ、指を広げた。

「便所を使っていただけだ」ボッシュは声を張り上げた。「それはかまわんと思った。便所にいけないとはだれも言ってくれなかった――」

「起こせ」ロシア人のだれかが言った。

ボッシュは手荒に地面から引き起こされ、両方の腕を保安官と、その助手と思しき男につかまれた。

カードゲームをしていたのを見かけたふたりの男がボッシュのまえに立っていた。年かさの男が息にウオッカのにおいが嗅げるくらいボッシュのそばに近づいた。

「おまえ覗き屋か？」男が訊いた。

「なんだって？」ボッシュは大きな声を出した。「いや、おれは便所を使わなきゃならなかったんだ」

「いや、おまえ覗き屋。こそこそ動きまわり、窓を覗いてた」

「それはおれじゃない」

「じゃあ、ほかにだれがいる？　だれか覗き屋見たか？　いや、おまえだけだ」

「おれにはわからんし、おれじゃない」

「そうか、それ調べる。体探れ。こいつ何者？」

保安官と助手はボッシュのポケットを調べはじめた。

「新入りです」保安官が言った。「銃を持ってたやつですよ」

保安官はボッシュのポケットから財布を抜きとり、あやうくチェーンから毟《むし》り取りそうになった。

「待った、待ってくれ」ボッシュは言った。

ボッシュは財布とチェーンが外れるようにベルトループをパチンと外した。保安官は財布をロシア人に放った。

「明かりを寄越せ」ロシア人は言った。

助手が懐中電灯の明かりを向けているあいだ、ロシア人は財布を調べた。

「ライリー」ロシア人は言った。

発音は、リアリーだった。

保安官は下剤の壜を見つけ、ロシア人に見えるように掲げた。

ブロンドのロシア人が、彼らの母国語でなにか言ったが、ボッシュの財布を手にしているロシア人はそれを無視している様子だった。

「なぜ汗をかいてる、ライリー？」その代わり、ロシア人は訊いた。

「一発じゃ足りないからだ」ボッシュは言った。「おれには一錠しかくれなかった」

「こいつはヴァンのなかで喧嘩をしたんです」保安官が言った。

「喧嘩なんかなかった」ボッシュは言った。「ただの押し合いだ。フェアじゃない。おれにはヤクが要るんだ」

ロシア人は状況を考えながら、財布を反対の手にぶつけた。それから財布をボッシュに返した。

ボッシュはやり過ごせたと思った。財布を返却するのは、このロシア人がボッシュの侵犯行為を水に流すつもりだということだ。

だが、ボッシュはまちがっていた。

「跪《ひざまず》け」ロシア人は言った。

同時にたくましい手がボッシュの肩をつかみ、押されてボッシュは跪いた。ロシア人は背中に手をまわし、銃を取りだした。

ボッシュはそれが自分のバックパックから奪われたものだとすぐに認識した。

「こいつはおまえのクソッタレ銃だな、ライリー？」

「ああ。クリニックで取り上げられた」

「そうか、いまはおれのものだ」

「けっこう。好きにするといい」

「おまえ、おれがロシア人だと知ってるだろ？」

「ああ」

「じゃあ、おれたちがロシア流のゲームをして、今夜おれの窓を覗いてなにをしていたのか話すというのはどうだ」

「言っただろ、おれじゃないって。おれはクソをしてたんだ。いつだって長くかかるんだ」

助手は笑い声を上げたが、保安官に険しい目つきを向けられ、途中でやめた。ロシア人は銃のシリンダーをあけ、六発の銃弾をてのひらに落とした。それから一発の銃弾を懐中電灯の明かりのなかに掲げると、それをシリンダーに装填するところをじっくり見せ、音を立てて閉じると、回転させた。

「さあ、いまからロシアン・ルーレットをやるぞ、いいな?」

ロシア人は銃をまえに差しだし、銃身をボッシュの左側のこめかみに当てた。

DEAがその銃に仕掛けをしたと言っていたので大丈夫だと確信はしていたものの、銃身をこめかみに押しつけられることよりほかに運命について考えさせるものはなかった。ボッシュは目をつむった。

ロシア人は引き金を引き、ボッシュは金属的な弾ける音を聞いて身震いした。その瞬間、このふたりのロシア人が薬局の殺し屋だとボッシュは知った。目をひらくと、目のまえの男をまっすぐ見つめた。

「ほー、運のいいやつだ」ロシア人は言った。

男はふたたび銃のシリンダーを回転させると笑い声を上げた。

「二回目をやってみようか、運のいい男？　今夜なぜおれの窓を覗きこんでいた？」

「いや、やめてくれ、おれじゃない。あんたの窓がどこにあるのかすら知らない。おれはここに来たばかりだ。どこにトイレがあるのか訊かなきゃならなかったくらいだ」

今回、ロシア人は銃口をボッシュの額に押しつけた。彼のパートナーが切迫した口調でなにか話しかけた。銃を持っている男に、ボッシュが殺されたなら、鎮痛剤確保にどれくらい影響があるか、思いださせているのだろう、とボッシュは推測した。

ロシア人は引き金を引かずに銃を引っ込めた。再装塡をはじめる。それが終わると、シリンダーを音を立ててはめ、欠けている銃把のあるべき場所を指し示した。

「おまえの銃を直して、持っておく」男は言った。「おまえの幸運をもらいたい。賛成するか、ライリー？」

「ああ」ボッシュは言った。「持っておいてくれ」

ロシア人は背中に手をまわし、銃をズボンに挿した。

「ありがとうよ、ライリー」男は言った。「もう寝ていいぞ。覗き騒動は二度と起こすな」

26

サントス航空部隊は、土曜日の朝、錠剤とパワーバーとブリトーの配給後、早々に地上を離れた。ボッシュは、来たときとおなじ飛行機に乗るグループに入ったが、今回、乗客数は増え、機内のベンチに腰掛けているなかに、見知らぬ男女は数人ではきかなかった。ブロディを見た。顔の右側に紫色の縞になっている傷があった。手に星のタトゥを入れている女性もいた。ふたりともボッシュとは反対側のベンチに座っていた。薬物中毒よりもほかの病気であるような間違った印象を与える剃り上げた頭のせいかもしれないが、ボッシュは同情心から彼女を見守る必要性を覚えた。それと同時に、けっしてブロディに背中を見せてはいけないとわかっていた。

今回、ボッシュは飛びだし口とシェードがかかっていない窓に近いベンチの端にある座席を強引に手に入れるくらい賢明だった。いまやはじめて飛行機の行き先を突き止められるようになった。

飛行機は北向きに離陸し、その航路を維持した。わずか数千フィートの高度を保っていた。肩越しにガラスを通して、眼下にソルトン湖が見えた。また、サルヴェーションマウンテンとして知られている人の手で作られたモニュメントに塗られた明るい色彩も見た。上空からだとそこに書かれた戒めの言葉も見えた――イエスは天国への道だ。

その隣にあるのはジョシュア・ツリー国立公園で、次にモハーヴェ砂漠があった。未開発の荒涼とした風景が美しい土地だ。

二時間近く飛んでから飛行機は農薬散布用飛行機《クロップダスター》が使用していた滑走路に乱暴に着陸した。最後の降下に入ったとき、ボッシュは家畜が点在する丘陵を背景にした遠くの風力発電基地を目撃しており、自分たちがどこにいるのかわかった。セントラル・ヴァレーのモデストに近い場所で、ボッシュは数年まえそこである事件を調べていて、風車のひとつに一台のヘリコプターがぶつかって墜落するのを目にした。

二台のヴァンが待っていた。グループはそこで七名と七名にわけられた。ボッシュはブロディと星のタトゥの女性両方と別々になった。ボッシュのヴァンには前部座席に組織のふたりの男が座った。運転手と世話係。ふたりともロシア訛りがあった。一行はトゥーレアリでまず停まり、鎮痛剤を手に入れるため一連のパパママ薬局で仕事をはじめた。一回立ち寄るたびに世話係は、ボッシュを含めた受け子ひとりひとりに新しい身分証明書――運転免許証とメディケア・カード――に加えて、処方箋と自己負担分の支払い用の現金を渡した。それらのIDカード類は、できのわるい偽物で、LAのどのクラブでも、仕事をはじめたての用心棒ですら警戒するだろう。だが、それは問題ではなかった。ホセ・エスキベル・シニアのような薬剤師は、このゲームの一部であり、見たところ本物の処方箋に、見たところ正規の手続きを取って処方薬を出すことで利益を得ていた。サントスの違法活動の波及効果は、そこから政府や業界の中枢まで無限につづいていく。

怪我を負った男というポーズをとる必要がどうやらないにもかかわらず、ボッシュは膝サポーターを着用し、杖を手に持つ無用のふるまいをつづけた。そうしているのは、杖から離されたくなかったからだ。杖は唯一の武器だった。

一回停まるたびにグループは一時間近くかけ、世話係がそれぞれの薬局にたいていひとりずつかカップルで受け子を送りこむようにしていた。七名のうらぶれた中毒者が列になって並んでいる様子が店に来るまともな客のなかで関心を呼ばないように。トゥーレアリからモデストに移動し、さらにフレズノへ移った。一定量の琥珀色の錠剤容器が世話係のバックパックに着実に入っていった。

飛行機は移動し、フレズノのペカンの実農場の外にある使用制限のない滑走路で待っていた。もう一台のヴァンがすでにそこにいて、ボッシュが飛行機に乗りこむと、窓のまえのベンチの席にはすでに先客がいた。ボッシュは星のタトゥの女性の隣席に座った。あらかじめ教えられていたように、ボッシュは彼女になにも言わなかった。

飛行機が離陸しないうちにボッシュはヴァンのキャッパーがバックパックをコックピットの窓越しにパイロットに渡すのを見た。パイロットは実際のところ、クリップボードに留められたなんらかの領収書か、計算書に署名し、キャッパーに渡した。すると舗装されていない滑走路を飛行機がゴロゴロと進んで、南に向かって離陸した。今回、飛行機は、バンクしたり、ほかの対監視手段を取ったりせずに航路を守っていた。

ボッシュは三十分心のなかで考えてから、隣の女性のほうに体を寄せ、エンジン音越しにかろうじて聞こえる程度の声で話しかけた。

「きみの言うとおりだった」ボッシュは言った。「あいつは昨晩来た。こっちは用意していた」

「だと思った」女性はブロディの顔に長々と走っている傷に注意を向けて言った。

「ありがとう」

「忘れて」

「きみはいつからここに捕まっているんだ?」

彼女はベンチの上で体をひねり、露骨にそっぽを向いた。

そのあと考え直したかのようにボッシュのほうを向いて、口をひらいた。

「もうあたしを放っといて」

「たがいに助け合えるかもしれないと思った、それだけさ」

「あんたはなにを言ってるの? あんたはここに来たばかりだ。あんたは女じゃない、それがどんなものかわかってない」

ボッシュの脳裏に、ロシア人たちが錠剤を賭けて博奕を打っているあいだ、カウチに打ち捨てられていた女性の姿が浮かび上がった。ひどく屈辱的で悲惨な光景だった。

「そうだな」ボッシュは言った。「だが、これが奴隷になることだとわかるくらいのものは充分見た」

女性は反応せず、そっぽを向いたままだった。

「おれが動くとき、教えるよ」それでもボッシュは話しかけた。

「やめて」女性は言った。「あんたはただ自分から殺されにいっている。それに関わりたくない。あたしは救われたくないの、いい？　最初から言ってるように、放っといて」

「放っといてほしかったら、なぜブロディのことで警告してくれたんだ？」

「なぜなら、あいつはケダモノだからよ。おたがいなんの関係もない」

「わかった」

彼女はボッシュからさらに顔を背けようとしたが、着ている淡い黄色の上着の裾はボッシュの脚で踏まれていて、引っ張られてあまり動けなかった。その動きで上着が肩からずれ、その下のタンクトップとタトゥの一部を覗かせた。

イジー
——二〇〇九

彼女は腹立たしげにボッシュの脚の下から上着を引っ張り、元に戻したが、肩のうしろに入れたそれが追悼タトゥの一部であることがわかるくらい充分ボッシュの目に入った。八年まえ、彼女は大切なだれかを失ったのだ。その人を思いださせるものをつねに身につけているほど大切な相手を。その喪失が最終的に彼女をこの飛行機にたどり着かせたのだろうか、とボッシュは思った。

ボッシュは彼女に傾けていた体勢を元に戻すと、飛行機の反対側のベンチからブロディがこちらを見ていたのに気づいた。ブロディはボッシュにしたり顔の笑みを向け、そのときボッシュは自分がミスを犯したのを知った。ブロディはボッシュが隣の女性に誼《よしみ》を通じようとしたのだと認識した。いま、ブロディは彼女を通してボッシュの弱みを握れると知っただろう。

飛行機は比較的ましな滑空とタッチダウンをして、一時間後に着陸した。飛びだし口から外に降りるまで自分たちがどこにいるのかわからなかったが、出てみると、ホワイトマン空港の格納庫のなかにいるのに気づいた。二台のヴァンが待ち受けており、今回ボッシュは星のタトゥの女性にピッタリくっついていようとした。グループ分けが終わると、ボッシュは彼女に加え、ブロディといっしょのヴァンに割り当てられた。

ホワイトマン空港からヴァンはサンフェルナンド・ロードで右折し、ヴァンナイズ大通りを通って、最初の薬局で停まった。パコイマに留まっており、明らかにサンフェルナンドを避けているようだった。

運転手は、前日クリニックにいたときにボッシュにパンチを食らわせたロシア人で、七人の受け子をふたつのグループにわけ、ボッシュとほかふたりをまず薬局へ送りこんだ。ブロディと星のタトゥの女性は第二グループに残された。ボッシュは処方箋と偽のＩＤを薬剤師に渡す手続きを進め、薬剤が容器に入れられるのを待った。以前の立ち寄り先では、錠剤はすでに容器に詰められて、用意されているのが大半だった。薬剤師たちは薬局で受け子たちの過ごす時間を制限したがっていたからだ。だが、この薬局では、外で待つか、三十分後に出直すようボッシュは告げられた。

ボッシュは外に出てロシア人に伝えた。ロシア人は喜ばなかった。彼はボッシュとほかのふたりの受け子に薬剤師を急かすため、薬局に戻り、なかで待つようにと告げた。ボッシュは指示どおりに行動し、薬剤師の様子が充分見えるフットケア商品の棚付近をうろうろしていたが、振り返ると別の客がドクター・ショールのインソール・クッションを見ているのに気づいた。ベラ・ルルデスだった。ルルデスは、ボッシュのほうを見ずに低い声で話した。

「調子はどう、ハリー？」

ボッシュは返事をするまえに、ほかのふたりの受け子の位置を確認した。ふたりはバラバラになっており、ひとりはメキシコ製薬剤の列を見、もうひとりは処方カウンターの見張りをつづけていた。

「元気だ。ここでなにをしてるんだ？」

「確認しなきゃならなかったの。昨晩、あなたと接触できなくなっていた。ホワイトマン空港に着陸するまであなたがどこにいるのかわからなかったの」

「ふざけているのか？　ホーヴァンは空に監視の目を置いていると言ってたのに。飛行機を見失ったのか？」

「見失ったの。高層大気の干渉だとホーヴァンは主張していた。バルデスはその件でカンカンに怒っている。どこに連れていかれたの？」

「ジェリー・エドガーの情報がドンピシャだった。スラブ・シティの近くに露営地がある。ソルトン湖の南東だ」

「で、あなたは大丈夫なの？」

「いまは大丈夫だが、あやうく大丈夫じゃなくなるところだった。ふたりの銃撃犯に会ったと思う。そのうちひとりが、ＤＥＡにもらったあのリボルバーでおれにロシアン・ルーレットを仕掛けやがった」

「なんてこと」

「ああ。あれが弾は出ないように加工されていてよかったよ」

「気の毒に。脱出したい？　わたしが合図すれば、チームがここにいっせいに押しかけてきて、あなたを連れだす。手入れのように見せかけて」

「いや、だが、ほかの手配をしてもらいたい。ジェリーはどこにいる？」

「彼は外で見張っている。あなたの行方を見失って、昨夜はわたしたち気が気でなかったけど、いまはあなたにピッタリ張り付いており、けっして見逃さないわ」

ボッシュは受け子たちの様子をふたたび確認した。彼らはボッシュに関心を払っていなかった。薬局の正面ドアを確認したが、ロシア人運転手のいる気配はなかった。

「オーケイ、おれたちが処方薬をもらい、ここから出たらすぐ、さらに四人が送りこまれる。女性ひとりと男性三人だ」

「わかった」

「ジェリーに無作為の手入れをさせ、ＩＤや処方箋などを偽造した容疑で彼らを逮捕させてくれ」

「わかった、できるわ。なぜ？」

「ブロディという名の男がおれにめんどうをかけている。そいつを排除したい。顔の右側に紫色の筋が入っているやつだ」

ボッシュは説明の意味をこめて杖を差しだした。

「それから女性だが、彼女の解毒治療をさせ、リハビリ施設に入れさせたい」

はじめてルルデスは棚を見ている状態から顔を起こし、ボッシュの表情を読もうとした。

「同情しているように聞こえるけど。個人的な感情？　そういうものについてDEAのトレーナーが言ってたことを聞いた？」

「まだ二十四時間もいないんだぞ。その女性の名前すら知らない。個人的な感情じゃない。スラブ・シティでいくつかひどいものを目にしたので、彼女を抜けさせてやりたいんだ。それに、おおぜい逮捕されればされるほど、おれの重要性が増す。ひょっとしたら、またおれにロシアン・ルーレットを仕掛けるまえに考え直すかもしれない」

「わかった、手配する。だけど、そうすると監視業務からおおぜい人数を割くことになる。少なくとも一台はあなたに付いているようにさせるけど」

「かまわん。ホワイトマン空港でおれたちを待てばいい。どのみち、飛行機に戻る」

ボッシュの偽名を薬剤師が呼ぶのが聞こえた。

「いかないと」

「あしたはどうなるの？」

「なにがどうなるって？」

「日曜日よ。パパママ薬局はたいてい日曜日は休む」

「じゃあ、おれはスラブ・シティで一日休みになるんだろうな。今回は見失わないよう伝えてくれ」

「わたしに任せなさい。気をつけてね」

ボッシュは杖を天井に向け、マスケット兵が銃剣を振りまわすかのようにクルクルとまわした。それから脚を引きずりながらカウンターに近づいた。

二十分後、ボッシュは、ヴァンの後方に座って、第二の受け子グループが薬局詣でを完了するのを待っていた。エドガーとホーヴァンが薬局に入るのを見た。その十五分後、ヴァンの運転手が落ち着かなくなり、ロシア語で独り言を言うようになり、そこへ二台のロス市警のパトカーがやってきた。

ロシア人は毒づいた。

「**クソッタレ**《トウヴァユー・マーチ》**！**」

シートの上でロシア人は振り返り、うしろに座っている三人を見た。

彼はボッシュを指さした。

「おまえ。入って見てこい。あそこでなにが起こっているのか突き止めろ」

ボッシュは横にずれて座席から立ちあがり、サイドドアに移動した。外に降り、駐車場を横切って薬局に向かう。自分があの運転手に選ばれたのは、ヴァンにいる者のなかでもっとも綺麗な服を着ていたからだろう、とボッシュは推測した。薬局のなかに入ると、四人の受け子がカウンターのまえに並ばされ、手錠をはめられているのを見た。制服警官が彼らのポケットを調べていた。

ボッシュが入ると、頭上のベルが鳴った。手に星のタトゥを入れている女性が肩越しに振り返り、ボッシュを見た。彼女は目を見ひらき、あごでドアの方向を指し示した。ボッシュは回れ右をして、外へ出た。

いましがた幽霊を見たと言わんばかりの演技をして、ボッシュは足早にヴァンに戻った。膝をいたわるような仕草をかなぐり捨てて。ボッシュはサイドドアからなかに飛び乗った。

「警官があいつらをつかまえた！　みんな手錠をかけられている」

「ドアを閉めろ！　ドアを閉めるんだ！」

ヴァンはボッシュがスライドドアを閉めないうちに動きだした。運転手は駐車場からヴァンナイズ大通りに出ると、ホワイトマン空港に引き返していった。携帯電話の短縮ダイヤルを使い、すぐにロシア語で電話の向こうのだれかに叫びだした。

ボッシュはバックウインドウ越しに遠くに後退していくショッピングセンターを見

た。なんどもうるさい、放っといてと言っていたにもかかわらず、手に星のタトゥを入れている女性は、ブロディの件や、進行中の手入れについてボッシュに警告を与えてくれた。そのことが、彼女のなかにはまだ取り戻せる《サルヴェージング》ものがある、とボッシュに信じさせた。

27

日曜日の朝、不幸をもたらすモーニングコールはなかった。バスのかたわらを通り、箒でバスを叩いて、キャンプにいる全員に起きろと叫ぶ者はいなかった。日曜日、キャンプの面々は寝坊をしていた。初日の夜、ろくに眠れなかったので、ボッシュは土曜日の夜の消耗に屈し、遅くまで眠りこけ、どんよりとした夢のトンネルを潜っていた。髪をブロンドに染めたロシア人に寝床を揺すぶられて起こされたとき、ボッシュはすっかり見当識を失い、最初、自分がどこにいて、自分を見下ろしているこの男が何者なのか、はっきりわからなかった。

「来い」ロシア人は言った。「いますぐ」

ボッシュはようやく目を覚まし、相手が一番英語をしゃべらず、金曜日の夜に相棒がボッシュの頭に銃を突きつけ、引き金を引いた際、うしろにいた男だと了解した。心のなかでボッシュは彼らふたりのロシア人をイワンとイゴールと名づけていた。

ここにいるのはイゴールだ。まともにしゃべらないほうのロシア人だ。

ボッシュは寝床から脚を振り動かして、上体を起こした。目をこすり、自分のいる場所を確認すると、ワークブーツを履きはじめた。チェーン店ではないたいていの薬局、とりわけ低所得のラテン系地区にある薬局は、安息日に敬意を払い敬虔であるため、日曜日に閉まっているにもかかわらず、またしても薬局で鎮痛剤を手に入れるため、飛んでいくのだろうか、とボッシュは訝った。

イゴールは、バスのなかの悪臭のため、Tシャツの前みごろで口と鼻を覆いながら、ボッシュを待っていた。イゴールはドアを指さした。

「さあ。急げ」

最初、ボッシュはパニックに陥った。イゴールにハリーと呼ばれ、どういうわけか、潜入警官であるのがバレたと思ったからだ。だが、ロシア人のひどい訛りでなにを言われたのか、ボッシュは理解した。

「わかった、わかった」ボッシュは言った。

ボッシュはまわりを見まわし、イゴールが起こしたのが自分だけだと見て取った。

バスのなかのほかの連中はみな、まだ死んだように眠っていた。

「どこにいくんだい？」ボッシュは訊いた。

イゴールは返事をしなかった。左のブーツを履きながら、ボッシュは床に手を伸ばし、膝サポーターをつかんだ。それをあとで使うため左のふくらはぎまで引き上げてから、反対側のブーツを履いた。靴紐を結び、杖をつかみ、立ち上がると、処方薬を受け取りにいく用意を整えた。それがきょうの計画ではないのではないかという疑いが募ってはいたが。

イゴールは床を指さした。

「バックパックだ」

「なんだって？」

「バックパックを持ってこい」

「どうして？」

イゴールは背を向け、なにも言わずにバスから出ていこうとした。ボッシュはバックパックをつかんで、あとを追い、バスを降りて、眩しい陽の光のなかに出た。質問をつづける。この先待ち受けているものに関して、少しでもヒントをつかもうとして。

「なあ、なにがあるんだ？」ボッシュは訊いた。

あいかわらず返事はない。

「なあ、英語ができるあんたの仲間はどこにいるんだ？」ボッシュは問いかけた。

「だれかと話をしたいんだ」

ロシア人はボッシュの言葉を無視しつづけ、ついてくるよう両手で合図した。ふたりはキャンプを抜け、ヴァンが前日の朝、受け子のグループを乗せていった空き地にたどり着いた。そこにはサイドドアがあいている一台のヴァンが待っていた。イゴールはあいた空間を指さした。

「おまえ、いけ」

「ああ、わかるよ。どこへいくんだ？」

返事はなかった。ボッシュは立ち止まって、イゴールを見た。

「おまえ、いけ」

「まずトイレにいかない《ヒット・ザ・ヘッド》と」

ボッシュはロシア人がその俗語表現をわからないと知っていた。杖で露営地の南側を指し、そちらへ歩きはじめる。イゴールがボッシュの肩をつかんで、乱暴にヴァンの方向へふたたび向かせた。

「だめだ。おまえ、いけ！」

イゴールはヴァンのほうへボッシュを強く押しやり、ボッシュはドアフレームをつかもうとしてあやうく杖を落としかけた。

「わかった、わかった。いくよ」

ボッシュはヴァンに乗りこみ、運転手のうしろのベンチシートに座った。そのあとからイゴールが入ってきて、スライドドアを閉め、ボッシュのうしろのベンチに座った。

ヴァンが動きはじめ、すぐにボッシュは自分たちが滑走路を目指しているとわかった。背後にいる男が質問に答えられる語学能力を持っていないのをわかっていたが、いま起こっている事態に対する懸念が募るあまり、ボッシュは訊かずにはおれなかった。ボッシュは身を乗りだして運転手の周辺視野に入った。

「なあ、運転手さん？　おれたちはなにをするんだ？　なぜおれだけが飛行機へいくんだ？」

運転手はボッシュを見もせず、聞こえもしないふりをした。

十分もしないうちに彼らは滑走路に着いた。ヴァンはすでにプロペラをまわしている飛行機一機のかたわらに停まった。その飛行機はこれまでのフライトのすべてでボッシュが乗った〝ミニヴァン〟飛行機ではなかったが、それでも何人かの乗客を運べるスカイダイビング用飛行機であるのは明らかだった。もうひとりのロシア人、イワンがひらいた飛びだし口の隣に立ち、頭上の翼を日除け代わりに使っていた。

イゴールが立ち上がり、ヴァンのドアをあけた。彼はボッシュのシャツをわしづかみにして、あいた空間へボッシュを押しだそうとした。

「おまえ、いけ。飛行機に」

「ああ、わかってたよ」

ボッシュは転げそうになりながらヴァンを降りたが、杖を使って倒れないようにした。すぐにボッシュはイワンに向かって歩きはじめた。ボッシュは杖の柄のところを持っていた。杖を頼りに歩くというより。これから立ち向かうであろう男のまえでいっさいの弱みを見せたくなかった。

「どうなってるんだ？」ボッシュは問いかけた。「どうしておれだけが出かけるんだ？」

「なぜならおまえ家に帰るからだ」イワンは言った。「いまから」

「なんの話をしているんだ？　家ってなんだ？」

「おれたちはおまえを帰す。おまえをここにいさせたくない」

「なんだって？　どうしてだ？」

「とにかく飛行機に乗れ」

「あんたのボスはこのことを知ってるのか？　きのうおれは四百錠手に入れてやったぞ。たいそうな金だ。ボスはそれを失うのを気に入らないぞ」

「ボスってなんだ？　飛行機に乗れ」

「あんたらが言うのはそればっかりだな。なぜだ？　なぜおれは飛行機に乗らなきゃならん？」

「なぜならおまえを帰したいからだ。おまえが要らないんだ」

ボッシュはわけがわからないと言うかのように首を横に振った。

「噂で聞いたぞ。ボスの名前はサントスというんだ。サントスはこれを気に入らないぞ」

イワンはニヤリと笑った。

「サントスはとっくにいなくなった。おれがボスだ。飛行機に乗れ」

ボッシュはイワンをまじまじと見つめ、真実を言っているしるしを読み取ろうとした。

「なんとでも言え。だったら、おれの金と薬がほしい。取り決めをしただろ」

イワンはうなずき、ポケットからビニール袋を取りだした。そこには錠剤と紙幣が入っていた。外側の紙幣は百ドル札だった。イワンは袋を振ってから、ボッシュに手渡した。

「ほら。よくやった。飛行機に乗れ」

ボッシュは飛びだし口からなかに乗りこみ、飛行機の後方に移動した。できるかぎり飛びだし口から離れる。後部隔壁に沿って設置されたベンチに座ってから、振り返った。イワンとイゴールはふたりとも飛行機に乗り、前方の両側のベンチに腰を据えた。ふたりは出入り口を守っているように見えた。

ボッシュは自分がトラブルに陥っているのがわかった。金を寄越したというのがわかりやすい手がかりだ。払わずにすませるのが簡単にできるはずだった。だが、稼いだ分をボッシュに渡したということは、ボッシュの気を楽にさせ、ほんとうに家に送り届けてもらえるのだと信じさせるための動きだった。

イワンがコックピットと乗客用区画を分けている小さなアルミのドアを拳でコツコツと叩き、飛行機は滑走路の先端に向かってタキシングをはじめた。ボッシュはイワンがサントスについて話した内容を思い浮かべ、それがどういうふうに辻褄が合うのか理解した。DEAはこの違法活動をはじめた男に関する最近の情報をつかんでいなかった。自分たちの押さえているサントスの最後の写真はほぼ一年まえのものだとホーヴァンは言っていた。

サントスと彼に忠実な部下たちは、ロシア人たちによって消された可能性があった。とりわけ起訴がなされ、サントスに逮捕状が出た噂を知り、違法活動にとってサントスが弱みになったとしたら。このことは、この活動に人手が足りていないように見える理由と、ふたりの明らかにボス格の人間が実務作業をしている理由を説明するのに役立つだろう。

もしイワンとイゴールがサンフェルナンドの薬局で親子を消し去った殺人犯だとしたら、彼らが自分たちで重要な決断を下したのだ、とボッシュは気づいた。今回の事件の的は、まさに目のまえにいた。

飛行機は向きを変え、滑走路を疾走する位置取りをした。ボッシュはこの飛行が自分を終わらせるためのものになるとわかっている気がした。太ももの上に杖を置き、財布を抜き取ると、誤ってチェーンを引っこ抜いてしまったようにふるまった。パルスの警報が自分を見張っているはずのDEAチームに届けられるよう期待する。

ボッシュはわざと見せるようにビニール袋の現金を取りだし、財布に入れた。そののち財布と錠剤の入った袋をポケットに入れた。

飛行機は滑走路を走りだし、運動量を増した。風が乗客用区画に吹きこみはじめた。ロシア人たちは飛びだし口を閉めていなかった。ボッシュはそのあいた空間を指さして、叫んだ。

「それを閉めないのかい？」

イワンは首を振り、開口部を仕草で指し示した。

「ドアがないんだ！」イワンは怒鳴り返した。

ボッシュはそれに気づいていなかった。

飛行機は離陸した。急上昇し、ボッシュは乗客用区画の後方壁に押しつけられた。ほぼ即座に機体は上昇しながらも左にバンクした。それから水平になり、西に進路を取った。

このままいくとソルトン湖のまんなかにさしかかるだろうな、とボッシュはわかっていた。

28

飛行機が水平飛行に移るとすぐ、客室からは見えないパイロットが機体を減速させた。エンジン音がかなり低くなり、それがイワンへの合図として役立った。イワンは立ち上がり、飛行機の後方にいるボッシュに近づきはじめた。カーブを描いている天井に頭をぶつけないよう屈まねばならなかった。近づいていきながら、イワンはデニムのフロントポケットから携帯電話を取りだした。ボッシュのところまでやってくると、イワンは野球のキャッチャーのようにしゃがみこんだ。まずボッシュを見、ついで携帯電話の画面を見、再度ボッシュに視線を戻した。

「おまえ、警官だ」イワンは言った。

それは質問ではなかった。断定だった。

「なんだって?」ボッシュは言った。「なんの話をしているんだ?」

イワンは再度携帯電話を見た。ボッシュからは相手の肩越しにイゴールがまだ席に座ったままこちらを見ているのが見えた。

「ハーリー・ブーシュ」イワンは言った。「おまえ、警官だ」

「いったいなんの話をしているのかわからん」ボッシュは言った。「おれはけっして――」

「サンフェルナンド市警！　そう書いてある」

「なにがそう書いてあるんだ？」

イワンはボッシュに画面が見えるよう携帯電話を向けた。そこには、新聞の折り畳んだ写真が写っていた。先週、殺人事件があった当日〈ラ・ファルマシア・ファミリア〉の外で撮影されたものだとわかるボッシュの写真が載っていた。記事の続きページだったが、薬局殺人事件のものではなかった。

関連記事の本体とボッシュの写真に付いている見出しが、知る必要があることをすべてボッシュに告げた。


ＤＮＡが死刑囚の無実を明らかに――地区検事局、判決取り消しに動く

何者かがその記事の内容をロサンジェルス・タイムズに漏らしたのだ。ケネディだ。ボッシュとハラーがボーダーズの審問に措置を講じるつもりであるという噂を耳にして、ハラーを押し返し、ボッシュを謗《そし》る行動に出たのだ。その記事はボッシュの現在の仕事内容を含んでおり、薬局の外にいるボッシュの写真は、ロシア人に紛うことなき情報提供となった。

イワンは携帯電話を下げ、尻ポケットに入れた。歪んだ笑みをその唇に浮かべ、イワンはボッシュの杖の柄をつかんだ。ふたりはそれを奪い合った。イワンは空いている手を背後にまわして、シャツの下から銃を抜いた。反対の手で杖の柄をボッシュのほうへ押し、のしかかった。

「立て、警官」イワンは言った。「おまえはいまから飛び降りるんだ。ひょっとしたらおまえの友だちのサントスが見つかるかもしれんな、ハッ？」

ボッシュは銃を確かめた。それはクロムめっきのオートマチック拳銃で、ＤＥＡがボッシュのバックパックに仕込み、イワンが金曜の夜にこれ見よがしに取り出した、弾が出ないリボルバーではなかった。

ボッシュはロシア人の最後の言葉に付けこもうとし、あわよくば注意を逸らしたかった。

「おまえたちがサントスを殺したんだな？　殺して、乗っ取った。それにあの薬局の若者も。おまえたちが彼と父親を殺したんだ」

「あのガキはひよっこだった。父親の言うことを聞かず、父親は息子を抑えられなかった。やつらは自業自得だ」

イワンはイゴールのほうに首を反らせ、ホセ・エスキベル・ジュニアの問題を片づけたのが自分たちの仕事だったのを認めたかのようにふるまった。一瞬、イワンの注意が二分され、それがボッシュの必要とする時間だった。手首を捻り、杖の曲がった取っ手をまわした。仕込み杖が外れるカチリという音が聞こえると、すばやい動きで、ボッシュは取っ手と錐刀《スティレット》を引き抜き、先端をイワンの右脇に突き上げた。細くて鋭い刃は皮膚を貫き、肋骨を通り抜け、ロシア人の胸に深く刺さった。

イワンは目を丸くし、なにも言わずに口をOの字にした。ふたりの男は相手を一瞬見つめたが、その瞬間は一分もつづくかに思えた。次の瞬間、イワンはスティレットの取っ手をつかもうとして銃を下に落とした。だが、血がすでにその武器とボッシュの手に溢れでていた。刃の表面はヌルヌルとしていて、イワンは手がかりを見つけられずにいた。イワンは左手を持ち上げ、ボッシュの喉をつかんだ。だが、力は弱りかけており、死にかけている男の絶望的な動きだった。

ボッシュはイワン越しにイゴールを見た。相手はまだ前方の席に座っていた。イゴールは笑っていた。血をまだ目にしておらず、相棒がボッシュを飛行機から放り投げるまえに嗜虐的に首を絞めてやろうとしているのだと思っていた。

ボッシュは対面した相手を殺した経験が過去にあった――若いころ、ヴェトナムのトンネルのなかで。その仕事にけりをつけるのにやるべきことを心得ていた。スティレットを抜き取り、また刺した。二度の素早い突きで、首と脇の下のそばを刺した。大動脈がある場所だとわかっていた。そののち、ロシア人を押し返した。イワンが死にかけて床に倒れるとボッシュは銃をつかんだ。

ボッシュは立ち上がった。左手のスティレットから血を滴らせ、右手には銃をつかんでいた。

飛行機のなかをイゴール目指して動きはじめた。

イゴールは座席から立ち上がって、戦う構えをした。そこでピストルに目を落とした。彼はうろんな動きをはじめた。最初片方に動き、ついで反対側に動く。まるで肉体が心より先に動いて、逃げ場を探しているかのように。すると、説明がつかぬことに、彼は左側に飛びこみ、飛びだし口から身を投げた。

ボッシュはその動きに衝撃を受け、一瞬立ち止まったが、すぐに飛びだし口へ近づき、スティレットを下に落として、スカイダイビングをする人間が飛びだし台にのぼるまえにつかむスチール製のハンドルをつかんだ。身を乗りだす。飛行機はソルトン湖上空約六十メートルのところを飛んでいた。だれかにボッシュを飛行機から落とすのを目撃される可能性を小さくするため、低く飛んでいたのだろう、とボッシュは推測した。

　ボッシュはさらに身を乗りだして、飛行機の後方の水面を見下ろした。水面に反射する太陽光に目がくらんで、イゴールの姿は見えなかった。もし飛び降りて生き延びたとしても、岸からは数キロあった。

　ボッシュはコックピットのドアのところにいき、ピストルでドアを強く叩いた。それをボッシュの廃棄が完了した合図としてパイロットは受け取るだろうと思った。飛行機は速度を上げ、上昇をはじめた。

　そこでボッシュはドアをあけようとして、鍵がかかっているのに気づいた。頭上に付いている取っ手をテコにして、ドアを踵《かかと》で蹴ると、フレームが曲がって、錠が弾け飛んだ。ボッシュはすばやくドアを引きあけると、銃を先頭にして狭いドア空間に体を突っ込んだ。

「いったいなんだ？」パイロットは叫んだ。

　するとパイロットはやってきたのがボッシュであり、ロシア人のひとりではないのを見て、二度見した。

「ああ、ちょっと、待った、どうなってる?」パイロットは叫んだ。

ボッシュは空いている副操縦士席にドサッと腰を下ろした。手を伸ばし、銃口をパイロットのこめかみに押しあてた。

「どうなってるかと言えば、おれが警察官であり、おまえはおれがやれと言ったことをきちんとやるということだ」ボッシュは言った。「おれの言ったことがわかるな?」

パイロットは六十代後半の白人で、鼻がジンで酒焼けしていた。ほかのだれも雇いたがらないパイロットだ。

「わかりました、問題ありません」パイロットは言った。「なんでもおっしゃるとおりにします」

パイロットの英語は訛っていなかった。どうやら生粋のアメリカ人らしい。ボッシュは男の年齢と両腕のぼやけているタトゥを心に留めて、一か八か試みた。

「ヴェトナム時代のA-6を覚えているか?」ボッシュは訊いた。

「もちろん」パイロットは言った。「イントルーダーですね、偉大な飛行機だ」

「当時、おれはあれを飛ばしていた。それ以来、飛ばしていないがな。だが、おまえが変な動きをしたら、頭に銃弾を叩きこみ、もう一度飛ばし方を思いださなきゃならなくなる」

　ボッシュは一度も飛行機を飛ばしたためしがなかったし、ましてやイントルーダーなど飛ばせるわけもなかった。だが、パイロットに行儀よくさせるために信憑性のあるはったりが必要だった。

「問題ありません」パイロットは言った。「どこにいきたいのか言って下さい。あたしゃあそこでなにがあったのかまったく知らないんですよ。たんに飛行機を飛ばしているだけ。あいつらが行き先を言うんです」

「黙れ」ボッシュは言った。「燃料はどれくらいある？」

「けさ補給しました。満タンです」

「どこまで飛べる？」

「五百キロは」

「よし、おれをLAに連れ戻せ。ホワイトマン空港まで」

「問題ありません」

　パイロットは操縦して航路を変えた。ボッシュは計器盤に無線マイクがぶら下がっているのを見た。それをつかむ。

「これは入っているのか？」

「ええ、横のボタンを押して通話できます」

ボッシュは通話ボタンを見つけたが、一瞬躊躇した。なんと言っていいのかはっきりしなかった。

「もしもし、これが聞こえる管制塔はどこでもいい。返事をしてくれ」

ボッシュはパイロットを見た。一度も飛行機を飛ばしたことがないのがいまバレたのだろうか、と訝しむ。無線が返ってきて、ボッシュを救った。

「こちらインペリアル郡空港、どうぞ」

「わたしの名前はハリー・ボッシュ。サンフェルナンド市警察の刑事です。空中での出来事でひとりの乗客が死に、ひとりがソルトン湖で行方不明になったあと、飛行機に乗っています。DEAのホーヴァン捜査官と無線で連絡を取れるよう要請します。そちらの準備ができたらこれから番号を伝えます」

ボッシュは通話ボタンを離し、返事を待った。飛行機が安全かつホームである北に向かうと、四十八時間近くつづいていた緊張感がゆるみはじめるのを感じた。

六百メートル上空から見ると、眼下の陸地はボッシュには美しく思え、本来はそうだと知っている悪地のようではまったくなかった。

29

　飛行機がＤＥＡ航空部門のエスコートの下、ホワイトマン空港に着陸すると、州と地元と連邦当局者がわらわらと寄ってきて歓待された。ＤＥＡの捜査官たち、ジェリー・エドガーと州医事当局のチーム、バルデス本部長とサンフェルナンド市警の捜査員たちが、中央に立っていた。検屍局のヴァンと死者担当チーム、フットヒル分署から来たロス市警刑事の一組、ロス市警の鑑識班、それにボッシュに医療措置が必要な場合に備えて救急隊員もいた。

　飛行機はマスコミや一般人からの目にさらされずに事件現場として処理できるよう、空っぽの格納庫へ案内された。ボッシュは狭いコックピットのドアを抜け、乗客用区画へ入り、パイロットがそれにつづいた。ボッシュはパイロットに、飛びだし口から両手を上げて出ていけ、と命じた。パイロットがそうすると、ボッシュは乗客用区画の後方へ移動した。自分が殺した男をしげしげと見つめる。死体は飛行機の床にじっと横たわっていた。飛行中、飛行機がバンクしたり、高度を変えたりしたことによって、死体から血が十文字パターンに流れていた。ボッシュは飛びだし口に引き返し、飛行機を降りた。

黒いタクティカルパンツとシャツ姿で、携帯武器を脇から吊しているふたりの男が飛びだし台から降りるのに手を貸してくれた。

「DEAか？」ボッシュは訊いた。

「そうです」ひとりの捜査官が言った。「なかに入り、飛行機の安全を確認します。ほかにだれかなかにいますか？」

「生きているものはだれもいない」

「わかりました。いま、あなたと話をしたがっている人間が何人かいます」

「おれも彼らと話したい」

飛行機の翼から離れたところで、ベラ・ルルデスが待っていた。

「ハリー、大丈夫？」

「飛行機のなかのやつよりはましだ。どういうふうに状況報告をするんだ？」

「DEAが可動式司令所を持ってきている。あなたはそこにわたしたちとロス市警とエドガーとホーヴァンといっしょに入ってもらう。用意ができている？　それともなにか――」

「用意はできている。こいつを乗り越えよう。だが、まず、ロサンジェルス・タイムズを見たい。きょうのあの記事のせいで、おれはあやうく殺されそうになった」

「ここに持ってきている」

「なんというタイミングの悪さだな」

ルルデスの案内で、ボッシュはバルデスとシストとルゾーンとトレヴィーノと円陣を組んだ。本部長はボッシュの上腕を軽く叩き、よくやったと言った。ボッシュが切り抜けてきた苦難を考慮に入れれば、歓迎に遠慮があった。それはタイムズの記事が対処しがたいものになる可能性を最初に示した兆候だった。

ボッシュは目のまえの事件に集中することにした。

「われわれの事件は解決しました」ボッシュは言った。「飛行機のなかで死んだ男は銃撃犯のひとりです。もうひとりは飛び降りました。助かったとは思いません」

「そのファッキング野郎は飛行機から飛び降りたんですって？」シストが言った。

シストの口調は彼が別の状況を考えているのを示唆した。たとえば、ひょっとしてそのロシア人が飛び降りるのにだれかが手を貸したかもしれない、と。

ボッシュはじっとシストの目を見つめた。

「言ってみただけです」

「クレージーなロシア野郎どもめ」シストは言った。「言ってみただけです」

「関係者全員と腰を落ち着けるまで、そういう話は待とう」バルデスが言った。

「ベラ、ハリーを状況報告に連れていってくれ。わたしは新聞を取ってくる。ハリー、腹は空いてないか？」

「餓えそうです」

「だれかになにか持ってこさせよう」

ルルデスがボッシュに付き添って格納庫のなかを歩いていると、エドガーと出会った。エドガーは近づいてきながら笑みを浮かべた。

「パートナー、やったな」エドガーは言った。「説明を聞くのが待ちきれないよ。危機一髪だったと聞いたぞ」

ボッシュはうなずいた。

「まあ聞いてくれ」ボッシュは言った。「もし飛行機に乗って帰ってこなかった人間の噂をおまえが話してくれなかったら、おれはここにいなかったかもしれないんだ、パートナー。あれでおれは連中に対して先を読んで行動できた」

「そうか、役に立てて嬉しいよ」エドガーは言った。

可動式司令所は、おそらく麻薬取り締まりで押収され、中身をごっそり抜かれて、改めて装備がなされた覆面ＲＶだった。ボッシュとルルデスは、小型の役員室のようなところに足を踏み入れた。

　ドア付きの分離壁があり、その先は電子機器の巣窟につながっていた。ホーヴァン捜査官が巣窟から出てきて、ボッシュの手を握り、帰還を歓迎した。

「ふたりめのロシア人に関してなにかニュースはあるか？」ボッシュは訊いた。

　飛行機がホワイトマン空港に向かって飛んでいるあいだにボッシュはパラシュートなしでイゴールが飛び降りたことを報告していた。ＤＥＡは救援隊を派遣していた。

「なにもない」ホーヴァンは言った。「見込み薄でしょう」

　ホーヴァンはボッシュに、状況報告に集まってくる全員から姿が見えるようテーブルの四辺のうち、奥の短いほうの辺に座るよう指示した。ルルデスがボッシュの右側の長辺に座り、残りのサンフェルナンド市警の面々はそちら側にある椅子を選んだ。バルデスがやってきて、ボッシュの目のまえにタイムズのＡセクションをバサッと置き、腰を下ろした。

　当該記事は一面トップで、見出しを見てボッシュは、腹を蹴られた気持ちがした。捜査官や職員が司令所に入ってきて、それぞれの席に着こうとしているあいだにボッシュは読もうとした。

検事局、ＤＮＡと警察の違法行為を引証——死刑判決取り消し見込み
デイヴィッド・ラムジー（タイムズ紙記者）

一九八七年にトルカ・レイクの女優を強姦殺人したとして死刑判決を受けた男性が、早くて水曜日に釈放されるかもしれない。その日、検察官は新しいＤＮＡ証拠とロサンジェルス市警の違法行為を引証し、判決取り消しを判事に求める予定である。

ロサンジェルス郡地区検事局は、逮捕からほぼ三十年間、投獄されているプレストン・ボーダーズの事件に関する審問開催を上級裁判所に要求した。ボーダーズは事件に関するすべての請求権を使い果たし、サンクエンティンの死刑囚房でわびしく過ごしていたが、それは地区検事局に新たに創設された有罪整合性課《CIU》が、ダニエル・スカイラーの殺害に関して濡れ衣を着せられたというボーダーズの主張を見直す判断を下すまでのことだった。

スカイラーはトルカ・レイクの自宅アパートでレイプされ、殺害されているのを発見された。

ボーダーズは彼女の知人であり、以前に彼女とデートしたことがあり、暴行の際に

被害者自宅から持ち去られたとされるジュエリーがボーダーズの自宅アパートに隠されているところを発見されたことで犯行の実行者に結びつけられた。情況証拠のみに基づいて築かれた主張の根拠で、ボーダーズは一週間の裁判ののち、有罪判決を受け、のちに死刑を宣告された。

アレックス・ケネディ検事補の話では、被害者の着衣に付着していたDNAに関する最近完了した分析で、着衣に見つかった少量の体液と連続レイプ犯ルーカス・ジョン・オルマーとのあいだでDNAの合致が明らかになったという。オルマーは、事件当時、ロサンジェルスで働いていたと知られており、のちに複数の無関連事件において婦女暴行の有罪判決を受け、二〇一五年に刑務所で死亡している。

ケネディ検事補は、現在、捜査員たちはスカイラーを殺害したのはオルマーであり、また、当初ボーダーズの仕業だと疑っていたが、立件されなかった若い女性の殺害事件二件に関しても、オルマーの仕業かもしれないと考えている、と語った。

「彼女をストーキングして殺害したのはオルマーだとわれわれは考えています。施錠されていなかったバルコニーのドアから侵入して」ケネディは言った。「オルマーは当該地域で被害者たちをストーキングしてきた連続暴行犯でした」

本紙が入手した裁判所記録によれば、ボーダーズと彼の弁護士ランス・クローニンは、ボーダーズのアパートで発見されたジュエリーは、事件の捜査責任者であった刑事によって仕込まれたものである、と主張している。

「これは掛け値なしの誤審です」クローニンは語る。「ボーダーズ氏は、このせいで、人生の半分以上を失ったのです」

クローニンと裁判所の書類は、アパート捜索をおこない、隠し場所で当該ジュエリーを発見したと報告したふたりの刑事が、ヒエロニムス・〝ハリー〟・ボッシュとフランシス・シーハンであると明らかにした。タイムズの調べでは、シーハンは亡くなっており、ボッシュは三年まえにロス市警を退職している。

ボッシュは、一九八八年の裁判で、当該ジュエリー――タツノオトシゴのペンダントと表現されていた――が、ボーダーズのアパート捜索中に、偽装された書棚の基部に隠されていた、と証言した。オーディションやワークショップを通じて、スカイラーと知り合った俳優であるボーダーズは、その発見のすぐあとで逮捕された。

本記事作成にあたりボッシュにコメントを求めたが、連絡は取れなかった。彼は三十年以上にわたってロス市警の刑事としてよく知られており、多くの注目を浴びた捜査に関わってきた。現在は、サンフェルナンド市警の無給刑事として勤務している。

先週、彼はサンフェルナンド・ヴァレーにあるこの小都市のメイン・ショッピング地域にある薬局が強盗に遭い、ふたりの薬剤師が殺害された事件の捜査に関わっている。

記事はそこから中の紙面に飛んでいたが、ボッシュはもう充分に内容を読んでおり、新聞をひらいて自分の写真が掲載されているページを見る気にはなれなかった。室内に所狭しと座っている全員がいまや自分のほうを見ており、自分について書かれた新聞記事の内容を知っているのだ、とボッシュは気づいた。

ボッシュは椅子の横の床に新聞を置いた。クローニンあるいはケネディのどちらかが手をまわして書かせた特ダネ記事であるのはまちがいなかった。少なくとも中の紙面に飛ぶまえの記事では、ボーダーズの無実に反する見方に触れていなかった。いまごろはミッキー・ハラーに検事局の行動の差し止めを請求していてほしかったが、それに関する言及もなかった。

ボッシュは顔を起こし、テーブルの両側に並んでいる面々を見た。ボッシュの正面にはホーヴァンがいた。ホーヴァンの隣には、潜入捜査トレーナーのジョー・スミスがいた。

「オーケイ、はじめるまえに二点」ボッシュが言った。「おれは水曜日からシャワーを浴びておらず、その点をお詫びする。いま諸君が座っているところで臭いと思うなら、おれがいたところにいなかった幸運を喜んでくれ。もう一点は、きょうのタイムズの記事はまったくのデタラメだということだ。おれはあの事件でもほかのどの事件でも証拠を捏造していないし、プレストン・ボーダーズはけっして釈放されない。水曜日の審問が終わったら、確かめてみてくれ。タイムズはそうだったという記事を載せるだろう」

ボッシュは室内にいる人間の表情を確かめた。数人が承認のうなずきをしたが、室内の捜査員たちの大半は、ボッシュを信じているかどうかを表情に表さなかった。ボッシュの予想どおりの反応だった。

「オーケイ、では」ボッシュは言った。「これに取りかかるのが早ければ早いほどおれはシャワーに早くたどり着ける。どういうふうにはじめたい？」

ボッシュはテーブルの一番遠いところにいるホーヴァンを見た。ここは彼の所属機関のRVのなかだった。

そのことがこの場の責任者をホーヴァンにしている、とボッシュは判断した。

「あとで質問が出てくるだろうが、まずあなたが好きなところからはじめてくれればいいと思う」ホーヴァンは言った。「最も重要な情報《ヘッドライン》を教えてもらい、そこからはじめてはどうでしょうか？」

　ボッシュはうなずいた。

「そうだな、大きな大見出し《ヘッドライン》は、もはやサントスがいないことだ」ボッシュは言った。「ロシア人たちはサントスを飛行機から放りだして、ソルトン湖に沈めた。まさにおなじことをおれにやろうとした直前に、連中のひとりがそう言った」

「なぜそいつはそんなことをあなたに言ったんだろう？」ボッシュが知らない捜査官が訊いた。「ロシア人たちはふつうはそんなに簡単に口を割らないんだが」

「口を割ったんじゃない」ボッシュは言った。「あいつはおれを殺そうとしていた。あいつのほうが優位な立場にあり、自慢したかったんだろう、と思う。また、あいつは、自分と相棒——飛び降りたやつだ——が、月曜日の薬局であの父と息子を殺したこともほのめかした」

「ほのめかした？」ルルデスが言った。

「ああ、ほのめかした」ボッシュは言った。「おまえたちふたりが父親と息子を殺したのか、とおれはあけすけに訊いたんだ。あいつはそれを否定しなかった。あのふたりは自業自得だ、とあいつは言った。そう言ったとき笑みを浮かべていた。だが、そのあとすぐに事態が変わり、おれが有利な立場になった。それはおれがあいつを殺したときだった」

30

可動式司令所に三時間ボッシュは居続けた。少なくともその半分の時間は、この朝、飛行機で起こった出来事について微に入り細を穿って問われるのに費やされた。医事当局の調査官であるエドガーを除いて、全関係者が死亡事件の捜査に持ち株があり、答えを必要としている質問があった。ロシア人の実際の殺害は、ソルトン湖上空で発生したため、管轄圏に関わるジレンマが生じていた。国家運輸安全委員会にその死が知らされることについては同意されたが、捜査を仕切るのはロス市警になる。なぜなら死体を載せた飛行機が着陸したのはロサンジェルス市にあるホワイトマン空港だったからだ。

司令所でのセッションのあと、飛行機の狭い空間で二時間かけて実地検証がおこなわれ、その間、ボッシュは捜査官たちに、まえの三時間で話した内容を示そうとした。最終的に、週の後半に全関係機関からのフォローアップの質問に答えるため体をあけておくということで同意が得られた。ボッシュが解放されたのとほぼ同時にボッシュがイワンと呼んでいたロシア人の死体は飛行機から降ろされ、解剖のため検屍局へ運ばれていった。

その間、DEAはスラブ・シティ近くの露営地を急襲し、麻薬活動に関わっている残りの関係者を逮捕するための強制捜索チームを組織しているところだ、とボッシュは言われた。その急襲が完了するまで事件に関して報道管制が敷かれることが決まっていた。

サンフェルナンド市警への車での移動は、ルルデスが担当してくれた。ボッシュは市警に自分のジープと、本物のIDと携帯電話を置いていた。また、殺傷力のある武器を使用した件の調査に使うため、ボッシュの血まみれの衣服を証拠としてルルデスは回収しなければならなかった。車に乗っているあいだ、ボッシュは自分自身の悪臭に耐えられず、窓を下げた。

「この件を全部エスキベル未亡人に話すつもりかい？」ボッシュは訊いた。

「DEAから情報開示許可を得るまで待つべきだと思う」ルルデスは言った。「そのとき、わたしといっしょにいきたい？」

「いいや。きみといっしょにいて、スペイン語で会話するほうがくつろいでいられるだろう。きみの事件だし」

「ええ、でも、解決したのはあなた」

「イゴールが見つかるまでそんな気になれないだろうな」

「たしかに。でも、ソルトン湖は塩湖。塩分が多ければ多いほど、浮力が増える。どのみち見つかるでしょう」

　ルルデスは、状況報告を通じて、イワンとイゴールがだれを指すか心得ていた。さまざまな犯人たちに名前を割り当てれば話をするのが容易になったが、実際には、だれも登場人物たちの本名を知らなかった。ボッシュはそれについて考え、手に星のタトゥを入れた女性を思いだした。本名を知らないもうひとりの人物だ。

「土曜日に薬局でエドガーとホーヴァンが逮捕した女性はどうなった？」

「逮捕手続きが取られ、ヴァンナイズに送られた」

　サンフェルナンド市警の刑務所は、女性逮捕者を拘束するためには使われていなかった。彼女たちはヴァンナイズの拘置所に移送される。そこはロス市警によって運営されており、女性棟だけでなく、中毒患者の治療センターもあった。

「彼女の名前を手に入れたりしているか？」

「えーっと、ええ、聞いた。たしか……なんだっけ……エリザベスなんとかだった。

クレイバーグかクレイトンか、どっちか。いま思いだす」

「彼女は協力的だったか？」

「状況報告のとき、あなたが表現していた事実上の奴隷制から抜けだせて、わたしたちに感謝しているか、という意味？　いいえ、ハリー、そんなこと一言も言わなかった。それどころか、逮捕され、牢屋じゃ次の一服を得られなくなるだろうというので、ひどく怒ってた」

「あまり同情していないような口ぶりだな？」

「ある程度は同情してる。生まれてこのかた依存症患者とつきあってきたようなものだから。自分の家族を含めてね。でも、彼らが自分たちの家族やほかの人たちにおよぼす被害と彼らへの同情心の釣り合いを取るのは難しいの」

ボッシュはうなずいた。ルルデスの言葉には一理あった。だが、ほかの件で動揺しているのがわかった。

「三十年まえのあの事件でおれが証拠を捏造したと思ってるのか？」

「なに？　なぜそんな話題を持ちだすの？」

「なぜなら、おれのまわりの全員を動揺させたのがわかるからだ。もしそれがあの事件のせいなら、心配するにはおよばない。新聞記事だと、たしかに雲行きが怪しそうだが、困った事態にはならない。濡れ衣だ」

「濡れ衣を着せられたの？」

ルルデスの声に浮かんでいる疑念にボッシュは腹が立ってきたが、気持ちを抑えようとした。

「そのとおりだ。審問ですべて明らかになるだろう」ボッシュは言った。

「よかった。そう願ってる」

署に到着し、車をサブ駐車場に停めた。ボッシュは新しいほうの刑務所に入り、当番巡査のまえで服を脱ぐと、すべてを段ボール箱に放りこんだ。巡査がその箱を処理するためルルデスの方へ運んでいくあいだにボッシュは刑務所のシャワー・ブースに入り、二十五分間立ったまま、温いお湯を浴びつづけた。何度も刑務所備え付けの業務用抗菌石鹼で体のあらゆる箇所を洗った。

綺麗になり、体を乾かすと、ボッシュは被収容者用ズボンと、市警で年に一度おこなわれる寄付金集めゴルフ・トーナメントで余ったゴルフシャツを渡された。靴にも血が付いていて、それも段ボール箱行きとなり、代わりに被収容者用紙製スリッパをもらった。

ボッシュは見た目に頓着しなかった。清潔になり、ふたたび人間に戻った気がしていた。古い刑務所にある自分のオフィスの鍵を取りに刑事部屋に向かった——車のキーと携帯電話、本物のIDをそこに置いていた。ルルデスが作戦司令室にいた。彼女は会議と食事用テーブルに包肉用紙を広げ、ボッシュの衣服の写真を個々に撮影していた。そのあと個々の品物をビニールの証拠保管袋に収めるのだ。

「さっぱり綺麗になったわね」ルルデスが言った。

「ああ、寄付金集めのゴルフにいけそうだ」ボッシュは言った。「ぞっとしない仕事をさせて申し訳ない」

「凄い血ね」

「ああ、血が出そうな器官を攻撃したからな」

ルルデスは顔を起こしてボッシュを見た。ボッシュがどれほどあやうく殺されそうだったのか理解したとその顔に書いてあった。

「で、きみに渡した古い刑務所の鍵をまだ持っているかい？」

「ええ、わたしの机の一番上のひきだしに入っている。帰るの？」

「ああ、弁護士と娘に電話したいんだ。それから二十時間ほど眠りたい」

「この件であしたフォローアップの打ち合わせがある」

「ああ、二十時間というのは冗談だ。たんに少し睡眠が必要なだけさ」

「わかった。じゃあ、あしたまた、ハリー」

「そうだな、じゃ」

「あなたが無事で嬉しいわ」

「ありがとう、ベラ」

ボッシュは通りを横断し、公共事業部の資材置き場を腰をかがめて通り抜け、古い刑務所に入った。自分の間に合わせの机にたどり着くと、だれかが——おそらくルルデスが——鍵を使って囚房に入り、警察署のボッシュ宛に届いた消印付き封筒を一通そこに置いているのに気づいた。ボッシュは封筒をあけるのはあとにしようと決めた。封筒を折り畳んで、ズボンの尻ポケットに入れようとしたところ、囚人ズボンにポケットがないことに気づいた。封筒をウエストバンドにはさみこみ、手回り品を集めると、ドアに鍵をかけてから、外に向かった。

携帯電話の画面は十七通のメッセージが届いていると告げていた。南へ向かうフリーウェイにたどり着くまで待ってから、携帯電話のスピーカーをオンにしてメッセージを再生した。

金曜日午後一時三十八分　われわれが臨戦態勢にあることを知ってもらいたくて

連絡した。審問参加申請を提出した。爆弾投下だ。それから、傾聴すべき一言をいいか、わが兄弟？　用意しとけ——これに関して大きな抵抗がやってくる可能性大だ。オーケイ、じゃあ、また、来週話そう。あ、念のため、こちらはあんたの弁護士で、いまは金曜日の午後だ。どこかで秘密の警官仕事をしているので連絡が取れないのはわかっている。週末になにか用があれば電話してくれ。

金曜日午後三時十六分　ハリー、ルーシーよ、電話を返して。大切な件。

金曜日午後四時二十二分　ボッシュ刑事、アレックス・ケネディだ。できるだけ早くわたしに電話をしてもらいたい。よろしく。

金曜日午後四時三十八分　ハリー、また、ルーシーだけど、いったいあなたはなにをしてくれたの？　あなたのために気をつけていたのに、こんなことするの？　あなたはただ——ケネディは報復を考えているわ。電話して。

金曜日午後五時五十一分　ったく、ハリー、こちらはあなたのまえのパートナー、覚えている？　わたしはあなたの背中を守り、あなたはわたしの背中を守ってくれた。ケネディは、あなたを手ひどい目に遭わせたがっている。わたしはそれを抑えようとしているけど、彼がわたしの言うことを聞いてくれるとは思えない。折り返し連絡して、なにをつかんでいるのか教えてもらわないと。あなたとおなじくらい、わたしも真実を知りたいだけ。

金曜日午後七時二分　もしもし、ボッシュ刑事、こちらはロサンジェルス・タイムズのラムジーです。あなたの個人電話番号にかけて申し訳ありませんが、プレストン・ボーダーズ事件に関して、今週末ある記事を出そうと働いているところです。裁判所の書類に出てくるいくつかの事柄について、あなたの意見をうかがえればありがたいです。ぼくは一晩じゅう連絡がつきますので、この電話番号にかけて下さい。ありがとうございます。

土曜日午前八時一分　みすみすチャンスを逃すつもり？　覚えのない電話番号からかかってきたら、あなたが電話に出て、昔のパートナーにしゃべってくれると思ってた。あなたがわからないわ、ハリー。だけど、もうわたしの手は縛られてしまった。タイムズがこの件を記事にする。たぶん、きょうウェブサイトに掲載され、あした紙に出る。こうなってほしくなかったけど、もしあなたがわたしと話してくれたなら、避けられたかもしれないと思っている。覚えておいて、わたしは止めようとしたの。

土曜日午前十時四分　ボッシュ刑事、またタイムズのデイヴィッド・ラムジーです。この記事のあなたの側からの意見が聞きたいんです。裁判所の書類は、一九八七年にあなたがプレストン・ボーダーズをダニエル・スカイラーの殺害に結びつける重要証拠を仕込んだと主張しています。それに対するあなたの意見をほんとうに聞きたいんです。地区検事局が提出した書類に記されているので、お伝えするのがフェアだと思うんですが、あなたの側の意見を聞きたいんです。この番号にかけていただければ、一日じゅうつながります。

土曜日午前十一時三十五分　やあ、パパ、挨拶と今週末どうするつもりか確かめたかっただけ。きょう、そっちへいこうと考えていたの。オーケイ、じゃあね。

土曜日午後二時十二分　パパ、ああ、パパ、こんにちは、あなたの娘よ。覚えてる？　そこにいるの？　そっちへいける時間がどんどん少なくなってるよ。電話して。

土曜日午後三時　またデイヴィッド・ラムジーです。記事をこれ以上抑えておけません、ボッシュ刑事。あなたの自宅へいってみました。あなたの電話番号全部にかけてみました。いっさい返事がない。ほぼ二十四時間経っています。あと二時間のうちにあなたから連絡がなければ、デスクはあなたの反応抜きで記事を出せと言ってます。しかしながら、公平を期して、あなたに連絡を取ろうと手を尽くしたことに記事のなかで触れます。ありがとうございます。連絡をお待ちします。

土曜日午後七時四十九分　ハラーだ。クソッタレなタイムズ・オンラインを見たか？　仕返しが来るとわかっていたが、これは常軌を逸している。あいつらはおれに電話すらかけてこなかった。こちらの申し立てについていっさい触れていないし、こちら側の意見も載せていない。これはいわゆる殺し屋の仕事だ。このクソ野郎のケネディはインチキをやろうとしている。まあ、あいつはまちがった蜂の巣を突いただけだが。おれはあいつを徹底的に痛めつけてやるつもりだ。電話してくれ、兄弟、この件で額を合わせて対策を打とう。

土曜日午後九時五十八分　パパ、心配になってきた。電話にも出ないから怖くなってきたよ。ミッキーおじさんとルーシーに電話したら、ふたりとも、パパと連絡を取ろうとしていたと言ってた。電波の届かないところにいく予定だと言われたとミッキーは言ってた。なにが起こっているのかわからないけど、電話してほしい。お願い、パパ。

日曜日午前九時十六分　パパ、ほんとに怖いの。いまからそっちへいきます。

日曜日午前十一時十一分　これを聞いたらすぐに電話してくれ、わが兄弟《ブラダア》。弁護士依頼人ミーティングが必要だ。われわれの主張を補強し、あのアホどもを打ち取るいくつかのアイデアがある。電話してくれ。

日曜日午後〇時四十二分　パパ、新聞を読んで、なにが起こっているかわかった。こんなにひどいことってない。無意味よ。家に帰ってきて。いますぐ。あたしはここにいます。家に帰って。

日曜日午後二時十三分　弁護士に連絡してくれ。待ってる。

ボッシュは娘の声に窺える激しい気持ちに圧倒された。涙をこらえ、父のため、強くいようとしているのが声を聞いてわかった。彼女は最悪のケースを考えていた。タイムズの記事で公表された職業人としての自分に対する辱めや嫌疑のせいで、ボッシュは失踪したか、それより悪い行動をとったかと考えていたのだ。その瞬間、記事の裏にいる連中に、自分の娘に対して犯した罪の報いを受けさせてやろうと心に誓った。

最初に電話したのは娘にだった。

「パパ！　どこにいるの？」

「ほんとうにすまない、ベイビー。電話を持っていなかったんだ。仕事に出ていて──」

「あのメッセージをまったく受け取っていないなんてありうる？　ああ、神さま、てっきりパパが――どう言ったらいいのかわからないけど、パパがまずいことをしたんだと思ってた」

「いや、連中がまちがっているんだ。新聞記事はまちがっているし、地区検事局もまちがっている。おまえのおじさんとおれはそれを今週法廷で明らかにするつもりでいる。おれはなにも間違ったことをしていないと約束するし、なにがあろうと、おれは自分に被害を及ぼすようなことをしたりしない。おまえがいてそんなことをするわけがない」

「わかってる、わかってる。ごめん。連絡が取れなくて頭が変になっていただけ」

「ある事件で二日ほど潜入していたんだ。それで――」

「なに？　潜入してた？　馬鹿げてるよ」

「心配するだろうから事前におまえに話しておきたくなかったんだ。だけど、携帯電話を持っていなかった。持っていけなかったんだ。ところで、いまどこにいるんだ？まだ家にいるのか？」

「ええ、ここにいる。あの記事を書いた新聞記者の名刺がドアに刺さっていたよ」

「ああ、その男もおれと連絡を取ろうとしていた。彼は利用されたんだ。あとでそれに対処する。いま家に向かっている。待っていてくれるかい？」

「もちろん。ここにいるよ」

「オーケイ。いまからほかに何件か電話をかけないといけないんだ。三十分以内にそちらに着く」

「わかった、パパ。愛してるよ」

「おれも愛してる」

ボッシュは電話を切った。深呼吸をすると、てのひらの付け根でステアリングホイールを強く叩いた。父の罪を子に報いてか、とボッシュは思った（「旧約聖書出エジプト記」第二十章第五節）。ボッシュの人生と世界がまたしても娘を手ひどく打ちのめした。もしこんなことをした連中に報いを受けさせると誓うなら、そこに自分自身も含まれてやしないか？

ボッシュは次にハラーに電話した。

「ボッシュ！　どこにいってたんだ、え？」

「はっきり言って、蚊帳の外に置かれていたんだ。携帯電話を持っていなかった。それにもちろんうんこな事態が全部扇風機に当たって飛び散っていた。つまり、大変な目に遭っていた」

「なるほど。一切合切訴訟を提起できると思う。不注意、向こう見ず、なんとでも言える」

「あの新聞記事について言ってるのか？」

「そうだ、タイムズだ。きつく咎めてやろう。名誉毀損で」

「忘れてくれ。そのラムジーという記者は利用されたんだ。狙いはケネディとクローニンだ。マディもおれに連絡できずにいた。彼女はおれがどこかで身を丸めて自殺したんだと思っていた」

「だろうな。おれに電話してきたよ。なんと言ってやったらいいのかわからなかった。あんたはおれにも話さなかったんだから」

「クローニンとケネディにはこのツケを払わしてやる。どうにかして、なんらかの方法で」

「水曜日だ、ベイビー。水曜日にやつらを打ちのめす」

「正しい判断を下してくれると判事をあてにしていいのか、まだ確信が持てないんだが」

「まあ、とにかく会わないと。いまなにをしてるんだ？」

「家に向かっている。しばらく娘といっしょにいないといけない」

「わかった、電話してくれ。今夜は空いている。もし会おうとするならな。そうでない場合は、あしたの予定はどうなっている？」

「午前中なら会える」

「こうするのはどうだろう？　あんたはマディを食事に連れていき、われわれは明日会おう。〈デュパーズ〉で八時ではどうだ？」

「どっちの店だ？」

「選んでくれ」

ハラーはロウレル・キャニオンの外れに住んでおり、スタジオ・シティにある〈デュパーズ〉と、ハリウッドのファーマーズ・マーケットにある〈デュパーズ〉、どちらもごく近かった。

「フォローアップのため明日の午前中に、サンフェルナンド市警にいかなければならない場合に備えて、スタジオ・シティの店にしよう」

「そこにいくよ」

「聞いてくれ、電話を切るまえに。おれはきみとマディとケネディと記者から連絡を受けた。ルーシー・ソトからも電話が入っていた。ルーシーは、ケネディがやろうとしていることにおかしなものを見て、それを喜んでいないようだった。彼女はこの件でこっち側につけられると思う。もし彼女にわれわれがつかんでいるものを見せれば、内部でこちらのために働いてくれる人間を手に入れられるかもしれない」

沈黙が降りた。

「聞こえてるか、ハラー？」

「聞こえてるよ。たんに考え事をしていただけだ。その件はあしたまで待とうじゃないか。パンケーキを食べながら解決策を考えよう」

「わかった」

ボッシュは電話を切った。娘と弁護士と話したいま、落ち着きはじめていた。いい短期計画があった。ルーシー・ソトについて考え、単独で、内緒で彼女と連絡を取るべきかどうか考えた。ふたりはボッシュのロス市警での最後の一年というごく短いあいだパートナー同士だったが、エドガーとのパートナー関係とは異なり、深い信頼を築けるところまでたどり着いた。彼女となら、「クリア」を聞いて、躊躇なく交差点を突っ切ることができた。いつでもだ。

それは変わっていない、とボッシュの直観は告げていた。

31

玄関ドアが閉まる音を聞くやいなや、マディは部屋から飛びだしてきた。彼女はボッシュに抱きついた。まるでこの世のてっぺんにいると同時にどん底にいるような気にボッシュをさせた、かじりつくような抱擁だった。

「大丈夫だよ」ボッシュは言った。

ボッシュは娘の頭を自分の心臓に押しつけてから離した。娘は一歩退き、父親をしげしげと眺めた。同時にボッシュもおなじことを娘にした。娘の顔に涙が流れて乾いた痕があるのに気づく。どういうわけか、このまえ会ったときからずいぶん大人になっているようにも見えた。それがこの二十四時間でなのか、たんに自然のなりゆきなのか、ボッシュにはわからなかった。このまえいっしょにいたときから一ヵ月経っており、娘は背が伸び、痩せたように見え、サンディ・ブロンドの髪を短めのレイヤーカットにしていた。そこにはどこかプロの手によるものがあった。

「ああ、なんてこと、なにを着てるの？」マディは声を張り上げた。

ボッシュは自分の姿を見下ろした。囚人ズボンと紙スリッパは、まさに衝撃的だった。

「ああ、そうだな、その、話せば長くなる」ボッシュは言った。「証拠のためおれの服を持っていかなきゃならず、代わりにあるのがこれだけだったんだ」

「なぜ自分の服が証拠になるの？」娘は訊いた。

「そうだな、そこも話せば長くなる部分なんだ。食事はどうする？　きょうここに泊まるのか、それとも戻らないといけないのか？　インペリアル・ビーチへ旅行にいくんだったよな？」

「出発はあしただけど、きょうはあたしが料理をする日曜日なんだ」

ボッシュは娘と三人のルームメイトが、日曜の夜に料理番を交代でおこなっているのを知っていた――週に一晩だけ、いっしょに食事をする約束をしているのだ。マディの番であり、ほかの三人をがっかりさせられなかった。

「でも、話を聞きたいんだ、パパ」マディは言った。「一日じゅうここで待っていたんだから、話を聞く権利がある」

ボッシュはうなずいた。娘の言うとおりだ。

「わかった、じゃあ、着替える時間を五分くれ」ボッシュは言った。「囚人みたいに見えるのは好きじゃない」

ボッシュは自室に向かって廊下を通りながら、娘に植物に水をやってくれるよう呼びかけた。ハイスクール時代を通して、娘は裏のデッキに鉢植えの植物をいくつか買うようせがんだ。彼女は忠実に水やりのスケジュールを守っていたが、大学に入り、家を出ると、その責任を担うのはボッシュの役目になったのだが、ボッシュのようなスケジュールの人間には難しいことが証明された。

「もうやったよ」廊下の向こうから娘は返事をした。「あまりにも気が立っていたから二度やってしまった！」

「けっこう！」ボッシュは廊下に呼びかけた。「一週間気にしなくてすむ」

囚人ズボンとスリッパを脱げるのはいい気分だった。そうしていると、警察署の自分宛に届いていた封筒が床に落ちた。ボッシュはベッドテーブルにそれを置いて、あとで開封して読むつもりになった。自分の服に着替えるまえにバスルームに入り、五日分の無精ひげを剃り落とした。ブルージーンズを穿き、白いボタンダウンシャツを着て、黒いランニングシューズを履いた。廊下を戻る途中で、キッチンに立ち寄り、流しの下のクズ籠に囚人ズボンとスリッパを捨てた。

そののち、ビールを取りだしに冷蔵庫に向かった。だが、ビールはなく、冷蔵庫の奥まで覗きこもうと首を突っこんでも、その状況に変化はなかった。

背を伸ばし、冷蔵庫の上にある例のバーボン・ボトルを見た。それには手をつけないと決めた。いろいろな思いを落ち着かせるのに役立つとはわかっていた。しかしながら、ボトルを見ていると、この貴重なブランド品の残りをエドガーに与えるべきだと思った。ソルトン湖上空の飛行に関して警告してくれたことへ感謝するために。

「パパ?」

「ああ。すまん」

ボッシュはリビングに出て、話をした。この世に娘以上にボッシュが信頼できる相手はいなかった。ボッシュは彼女にすべて話した。可動式司令所にいる連中に話したときよりも詳しく。細部が娘にとってより意味があると感じていた。それと同時に、この世の暗部を自分が娘に語っているとわかっていた。そこは娘が知らなければならない場所だとボッシュは信じていた。たとえどんな人生を彼女が送っていたとしても。ボッシュは謝罪とともに話を終えた。

「すまない」ボッシュは言った。「おまえはこういうことを全部知る必要がないかもしれなかったんだが」

「いいえ、知る必要はあったよ」マディは言った。「そんな作戦に自主的に参加したのが信じられない。パパはとても運がよかった。もしそいつらに殺されていたらどうするの。あたしはひとりきりになってしまったかもしれないのに」

「すまん。おまえなら大丈夫だと思ったんだろう。おまえは強い子だ。もう独り立ちしている。おまえにはルームメイトがいるし、独立している。てっきり……」

「どうもありがとう、パパ」

「あのな、すまない。だけど、あいつらをつかまえたかったんだ。あの子がやったこと、あの息子がやったことは、気高いおこないだった。これが全部明るみに出れば、人々はたぶん彼が馬鹿で、世間知らずだと言うだろうし、彼は自分のしていることがわかっていなかったと言うだろう。だが、人は真実を知ることにはならない。彼は気高い人間でありつづけた。そしてこの世にはもはやそんな存在は多くないんだ。人は嘘をつく、大統領は嘘をつく、企業は嘘をついて欺《だま》す……。この世は醜く、それに立ちはだかろうとする人間はもうそんなに多くない。おれはこの若者がやったことが、だれにも気づかれずに見過ごされるのはいやだったんだ……。あんなひどいことをした連中を逃がしたくはなかったんだろう」

「わかるよ。ただ、次はあたしのことを考えて、いい？　あたしにはパパしかいないの」

「わかった。そうする。おれにもおまえしかいないよ」

「じゃあ、ほかの話をして。きょう新聞に載っていた件の話を」

マデリンは玄関ドアに残されていたのを見つけたデイヴィッド・ラムジーの名刺を差しだした。それはボッシュにタイムズの記事を全部読んでいなかったと思いださせた。ボッシュは娘に、ダニエル・スカイラー事件と、プレストン・ボーダーズが死刑囚房から逃れるためにおこなった動き、そしてその過程でボッシュに証拠捏造の濡れ衣を着せようとしたことについて話した。その話は娘がオレンジ郡までずっと車を運転しなければならない出発時間が迫っていると感じるまでつづいた。娘は遅くなって料理するかわりに途中で夕食を買うとすでに決めていた。

マディはボッシュをまた長く抱擁し、ボッシュは彼女に付き添って車のところまで歩いた。

「パパ、水曜日の審問にあたしもいきたい」マデリンは言った。

通常なら、自分の事件の審問に娘が来るのをボッシュは喜ばなかっただろう。だが、今回の場合は事情が異なっていた。自分自身が裁判にかけられるような気がしているからだった。手に入るかぎりの精神的支えを使えるものなら使いたかった。

「インペリアル・ビーチはどうするんだ？」ボッシュは訊いた。

「早く戻ってくる」娘は言った。「列車で帰ってくる」

マデリンは尻ポケットから携帯電話を取りだし、アプリを起ち上げた。

「なにをしてるんだ？」

「メトロリンクのアプリ。あたしに会いに列車に乗るってずっと言ってるじゃない。このアプリをインストールしなきゃ。六時半の電車に乗れば、八時二十分にはユニオン駅に着けるんだって」

「ほんとか？」

「ええ、このアプリだとちゃんと――」

「いや、おまえが来るのはほんとかと訊いているんだ」

「もちろん。パパのためにその場にいたい」

ボッシュはもう一度娘をハグした。

「わかった、詳細をショートメッセージで連絡する。裁判所は十時ごろまであかないと思う。ひょっとしたらそのまえに朝食をいっしょにできるかもしれない――きみのおじさんと会う必要がなければな」

「わかった。なんでもいい」

「夕食になにを買うつもりだ?」

「〈ザンコウ〉にいって、買ってきたいけど、そうすると車のなかが一ヵ月はニンニク臭くなるのよね」

「その価値はあるかもしれないな」

〈ザンコウ・チキン〉は、アルメニアのファストフード・レストランのチェーン店で、ふたりにとって永年お気に入りの持ち帰り料理提供先だった。

「さよなら、パパ」

ボッシュは娘の車がUターンして丘を下って姿を消すまで縁石に留まっていた。家のなかに戻ると、娘がテーブルに置いていった名刺を見て、ラムジーに電話をかけ、考えを改めさせることができるか考えた。だが、そうしないことに決めた。

ラムジーはボッシュの敵ではなかったが、真の敵になにが来るのか知らせるために新聞を利用しないほうがいいだろう。タイムズ記者はまちがいなく水曜日に法廷に来るだろうし、そのとき全部の話を手に入れるだろう。ボッシュは、あの新聞記事が自分の人生に落とした影にまぎれて、三日間、解決策を考えなければならないだけだった。

ボッシュは携帯電話を起ち上げ、オンライン検索をいくつかおこなって、電話番号をつかむと、ヴァンナイズ拘置所に連絡し、監督官を電話口に出すよう頼んだ。ボッシュは自分の身分を明らかにし、女性棟に拘束されている人間との面会を設定したいと伝えた。

「待てませんか？」監督官は訊いた。「いま日曜の夜であり、面会室に同席させる人間を手配できません」

「これは二重殺人事件なんだ」ボッシュは言った。「その女性と話をする必要がある」

「わかりました、名前はなんです？」

「エリザベス・クレイバーグ」

ボッシュは相手がコンピュータに入力する音を耳にした。

「ないですね」監督官は言った。「その女性はいません」

「すまん、クレイトンと言うつもりだった」ボッシュは言った。「エリザベス・クレイトンだ」

さらにキーボードを叩く音。

「その女性もいません」監督官は言った。「二時間まえにＲＯＲされました」

ボッシュはそれが自己誓約による保釈《リリースド・オン・ハー・オーン・リコグニザンス》を意味すると知っていた。

「ちょっと待ってくれ」ボッシュは言った。「釈放したのか？」

「選択の余地がなかったんです」監督官は言った。「収容能力による決まりです。非暴力的軽犯罪の場合は」

郡全体で、拘禁施設は過密状態に陥っており、非暴力的軽犯罪者は、短期間の懲役で早々に定期的に釈放されるか、保釈金なしで釈放されていた。エリザベス・クレイトンは、後者のカテゴリーに分類されたらしく、たった一日の拘束で、麻薬依存治療部門に入れられるまえに釈放されていた。

「ちょっと待った、彼女は治療施設に入らなかったのか？」ボッシュは訊いた。「それとももう施設から出したのか？」

「彼女が治療施設に入っていたとはコンピュータ上では記されていないですね」監督官は言った。「いずれにせよ、治療施設には順番待ちの人間が並んでいるんです。すみませんね、刑事さん」

ボッシュはいらだちを抑え、係官に礼を言って電話を切ろうとした。そのとき、ほかのあることを思いついた。

「もうひとりの名前を調べてもらえないかい、まだ収容されているかどうかを確かめたいんだ」

「名前をどうぞ」

「男性、白人、ラストネームはブロディ。ファーストネームはつかんでいない」

「それだと、なかなか――いえ、見つけました。ジェイムズ・ブロディ、土曜日におなじ容疑――処方箋詐欺――で逮捕されています。ええ、こいつも放りだされました」

「クレイトンとおなじ時間にか？」

「いえ、それよりも早くに。二時間先に。たいていの暴力事件の犯罪者は男性なので、そいつらのスペースをあける必要があるんです。ですから、男性の非暴力的軽犯罪者は、女性よりも早く釈放されるんです」

ボッシュは係官に礼を告げて、電話を切った。五分後、ボッシュはジープに乗り、曲がりくねった道を下って、101号線にたどり着いた。フリーウェイを北へ向かい、ヴァレー地区に入ると、ヴァンナイズに向かった。その途中でシスコに電話をかけ、もし自分がエリザベス・クレイトンを見つけられたら、彼女のための手配をしてくれるよう頼んだ。

クレイトンとブロディが釈放された拘置所は、ロス市警ヴァレー方面隊本部の最上階にあった。方面隊本部は小型のシヴィック・センターの役割を務めており、地元の裁判所、図書館、市庁舎別館、連邦政府ビルが、公共広場の一画に位置していた。

ボッシュは広場の西端にあるヴァンナイズ大通りに車を停め、コンクリートと木が並んでいるコンコースの反対側にあるヴァレー方面隊へ歩いて向かった。日曜日の夜で、この街のありとあらゆる公共施設に暮らしているホームレスを除いて、広場はがらんとしていた。最後にこの広場に来たのがいつだったのかボッシュは思いだせなかったが、少なくとも二年ぶりだろうと思った。建物の輪郭を取り巻く藪や緑陰樹はすべて短く刈りこまれていた。多くの木が日陰を提供しない椰子の木に植え替えられていた。これは広場に住むホームレスの人口を最小限に保つための偽装工作だとボッシュは知っていた。

ボッシュは通り過ぎる角という角、こちらを見ているホームレスたち全員をチェックした。クレイトンもブロディもいなかった。図書館——通常はいくあてのない彼らの最後の砦——は、閉館していた。ボッシュは広場の一方のサイドを調べ尽くしてヴァレー方面隊ビルにいきつき、それから引き返して反対サイドを調べた。捜索は成果なしに終わり、ボッシュは自分の車に戻った。

ステアリングホイールをまえにして座りながら、ボッシュはあれこれと考えを巡らしてから、ボッシュとルルデスがジェリー・エドガーのオフィスを訪ねた際にエドガーからおしえてもらった番号にかけた。エドガーは電話に出たが、眠っていたような声だった。

「ジェリー、ハリーだ。起きているか？」

「うたた寝していただけだ。そっちは長く寝ていたんだろうな」

「ああ、まあな。ひとつ質問がある」

「どうぞ」

「おまえとホーヴァンがきのうほかの連中といっしょに薬局で逮捕した女性なんだが」

「ああ、頭を剃り上げていたやつだな」

「そのとおり。おれは彼女と話をしたかったんだ。ベラの話だと、ヴァンナイズで逮捕手続きを取ったそうだ。そこにいってみたところ、二時間まえに彼女は釈放されていた」

「まえにも言ったように、ハリー、これは優先度の高い犯罪じゃない。取り締まる必要性がわからない。ひょっとしたらこの犯罪で百万人の人間が死ぬのなら、人は目を覚まして、注意を払うだろう」

「そうだな、わかってる。質問があるんだ。彼女はどこへいくと思う？　彼女はヴァンナイズで表に放りだされ、いまごろは鎮痛剤をひどく摂取したがっていて、徒歩だ」

「クソ、あの女がどこにいるのかさっぱり――」

「おまえが彼女の逮捕手続きをしたのか？」

「ああ、おれがした。おれとホーヴァンが連中全員の逮捕手続きを取った」

「彼女の所持品を検査したのか？　彼女はなにを持っていた？」

「偽造IDを持っていたよ、ハリー。それ以外なにもなかった」

「そうだ、そうだった、忘れてた。クソ」

一拍間を置いて、エドガーが口をひらいた。

「なんのためにあの女が必要なんだ？　あの女は根っからのジャンキーだぞ。おれにはわかる」

「そういうんじゃないんだ。おまえたちが彼女といっしょに逮捕したなかのひとり、ブロディ――あいつも釈放されたんだ」

「あんたが外しておきたがったやつだな」

「ああ、なぜならあいつはおれと彼女に対して恨みを持っていたからだ。で、さっき、おれはやつが彼女の二時間まえにおなじ拘置所から釈放されたのを知った。もし路上で彼女があいつに出くわせば、あいつはおれのせいで彼女を傷つけるか、彼女を利用して次の鎮痛剤を手に入れる方法を探すだろう。どちらにせよ、おれはそんなことを起こさせたくないんだ」

ボッシュはドラッグの地下社会では、男性の薬物常用者が女性の常用者と同盟を組む場合が珍しくはないと知っていた。一方が庇護を与え、他方がセックスによる物々交換でドラッグを入手する。ときおりそうした同盟関係は、女性の側の自主的な申し出ではない場合があった。

「クソ、ハリー、おれにはわからん」エドガーは言った。「おまえはいまどこにいるんだ？」

「ヴァンナイズ拘置所だ」ボッシュは言った。「見てまわったが、彼女はここにいなかった」

今度はエドガーが沈黙を破るまでさきほどより長い間があった。

「ハリー、いったいなにが起こってる？　つまり、ずいぶん時間は経っているが、おれはエレノアを覚えている」

ボッシュの前妻であり娘の母親だった。いまは亡くなっていた。ボッシュは自分がエレノアと会い、のちに結婚したとき、エドガーがパートナーだったことを忘れていた。エドガーは、エリザベス・クレイトンにエレノアと似ているところがあるのに気づいていた。

「いや、そんなんじゃない」ボッシュは言った。「彼女はおれが潜《もぐ》っているときに親切にしてくれたんだ。彼女に借りがあり、いま彼女は路上に放りだされている。そしてそれはブロディという男も同様だ」

エドガーはなにも言わなかった。その沈黙はエドガーが納得していないのを明らかにしていた。

「いかないと」ボッシュは言った。「なにか思いついたら、電話してくれ、パートナー」

ボッシュは電話を切った。

32

ボッシュはヴァンナイズ大通りを北に向かって車を進めはじめ、歩行者全員に目を向け、すべての店舗や会社のファサードの凹所になって陰になっているところ全部を覗きこんだ。絶望的な捜索だとわかっていたが、ほかにいい考えが思い浮かばなかった。ヴァンナイズ分署の当直部門に電話をかけ、担当警部補に全パトロール・チームへ指示を伝達してもらおうかと考えたが、日曜の夜だと、巡回に出ている車の数が少ないし、サンフェルナンド市警からの要請は、それほどの熱意をもって扱われないだろうとわかっていた。エドガーに訊かれたようなたぐいの質問をバルデス本部長から浴びせられる可能性もあった。

そのため、ボッシュは単独捜索をつづけ、ロスコー大通りでUターンし、南に向かった。二十分経過したところで、エドガーから電話がかかってきた。

「ハリー、まだそこであの女を捜しているのか？」

「ああ、なにか思いついてくれたか？」

「あのな、その、さっき邪推をしてすまないと思っているんだ、わかってくれるか？　あんたにはちゃんとした理由があるはずで――」

「ジェリー、なにか思いついて連絡してくれたのか、それともたんに無駄話をしたくてかけてきたのか？　おれはいま――」

「思いついたんだ、いいな？　思いついた」

「じゃあ、それを話してくれ」

ボッシュは耳を傾け、可能ならメモを取ろうとして車を縁石に寄せて停めた。

「うちのオフィスには、『ホットな百名』と呼んでいるリストがある」エドガーは言った。「それはキャッパーや怪しい処方箋作成に関わっている可能性がある医者のリストだ。おれたちが起訴しようとしている医者たちだ」

「エフラム・ヘレラはそこに載っているのか？」

「まだだ。あの告発をおれが処理していなかったからだ、覚えているだろ？」

「そうだな」

「とにかく、いまさっき同僚のひとりに電話をかけ、ヴァンナイズについて訊いてみた。シャーマン・ウェイでクリニックをひらいている〝ホットな百名〟医師がいると彼女は言った。年中無休の営業で、その医師に関する情報では、もし患者が女性で処方箋を必要としているなら、特別な好意を示してくれたら十中八九、割引をしてくれるそうだ。どういう意味かわかるだろうけど。この医者は七十代だそうだ。だけど――」

「そのクリニックの名前は？」

「シャーマン・ウェイとケスター・アヴェニューの角にある〈シャーマン・ヘルス＆メド〉だ。医師の名は、アリ・ロハト。ケミカル・アリと呼ばれている。薬《メド》を――化学《ケミ》製品を出してくれるからだ。そこではワンストップ・ショッピングなんだ。つまり、処方箋を書き、薬剤も出してくれるところだと知られている。もしあんたの女《ガール》が、そのあたりでのドラッグ取引と関わりがあったなら、そいつを知っているかもしれない」

「彼女はおれの女じゃないが、情報に感謝するよ、ジェリー」

「冗談だ、ったく。まいったな。まだお堅いハリーのままだ、あれからこんなに経ったというのに」

「そのとおりだ。そのケミカル・アリだが、いまおまえが言ったような行状《ぎょうじょう》をしているなら、なぜクリニックが営業停止になっていないんだ？」

「まえにも言ったように、ハリー、この件は手強いんだ。医療関係の官僚主義、州都サクラメントの官僚主義……。最終的には営業停止にするつもりだ」

「わかった。協力ありがとう。ほかになにか浮かんだら、また連絡してくれ」

ボッシュは電話を切り、縁石から発進させた。Uターンをし、ヴァンナイズ大通りを引き返し、シャーマン・ウェイにたどり着くと、西に曲がった。ケスター・アヴェニューの交差点を通り過ぎたが、目当てのクリニックは見つからなかった。そのまま数ブロック進んでからUターンした。

二度目の通過でボッシュは小さなショッピング・プラザの内側の隅にそのクリニックを見つけた。酒屋とピザ屋もあいており、駐車場は半分車で埋まっていた。ボッシュは外から少しブラインドになるようにサンバイザーを降ろしてから、駐車場に入った。ゆっくりと駐車場のなかを通りながら、クリニックから目を離さずにいた。裏の路地あるいはもう一ヵ所の駐車場に通じる通り抜け路があった。クリニックの出入口は、その通路にあり、周囲から見られないようになっていた。すばやく目を走らせ、ボッシュはクリニックに通じるドアの外に人が集まっているのを見たが、見覚えのある人間は見当たらなかった。

ボッシュは駐車場から車を出し、一ブロック下って、ショッピング・プラザの裏にまわれる路地を見つけた。そこをゆっくりと進み、プラザの店舗の裏に頭から車を入れる駐車スペースが並んでいるのを目にした。クリニックの横の通り抜け路に近い列の最初に停められていたのは、メルセデスベンツのクーペで、〝DR　ALI〟のヴァニティプレートが付いていた。通り過ぎながら、ボッシュはクリニックのドアのそばに群がっている人々をもっとよく見ることができた。男性が三人いたが、そのだれもボッシュの見覚えのある人間ではなかった。中毒患者特有のやつれて、絶望的な表情を浮かべているのだけは、見覚えのある連中と共通していたが。そのなかのひとりはボッシュが利用していたのと似た膝サポーターを着けていたのを見て、ボッシュは笑みを浮かべそうになった。

シャーマン・ウェイで右折するとふたたびプラザの正面駐車場に入った。最初のレーンを通り過ぎ、通り抜け路が見通せる駐車場所に車を停めた。クリニックの患者たちはたいていたんなるシルエットが見えるだけだったが、もし女性がクリニックから出てきたら女性の姿の識別はつくだろうと、ボッシュは自信があった。

ボッシュは携帯電話を取りだし、クリニックの名前でググって、電話番号を入手した。電話をかけ、応対した女性に何時までクリニックはあいているのか訊ねた。

「まもなく閉めます」女性は言った。「先生は八時に帰られます」

ボッシュは礼を言って、電話を切った。腕時計を確認しようとしたが、潜入捜査から戻ってきて腕時計をはめるのを忘れていたのに気づいた。ダッシュボードの時計を見たところ、閉院時間まであと二十分だとわかった。ボッシュは落ち着き、クリニックの出入り口に目を向けつづけた。

監視をつづけて十分後、ボッシュの関心は右側にあるピザ屋に惹きつけられた。テイクアウトと配達中心の店舗であるようだったが、正面の歩道にテーブル二脚が置かれていた。エプロンを身に着けた男性が、正面ドアから体を覗かせ、ひとりきりでテーブルの一脚に座っている男を手招きし、話しかけているのにボッシュは気づいた。席についている男は鉢植えの植物が並べられているせいでボッシュからは部分的にしか見えなかった。もしエプロンの男がドアまで来なければテーブルの男に気づきもしなかっただろう。

エプロンの男は、もうひとりの男に立ち去るよう話しているようにボッシュには思えた。

エプロンの男は駐車場のほうを指さしていた。ボッシュはその対峙の声が聞こえるかもしれないので窓を下げたが、植物の向こうにいる男が立ち上がって、ピザ店の男をなじると、その対峙はいきなり終わった。テーブルの男は着席エリアを出て、各店舗のまえを通り過ぎ、シャーマン・ウェイのほうへ歩いていった。

ボッシュはすぐに男がだれなのかわかった。ブロディだ。

たちまちボッシュは昂奮と恐怖感を覚えた。いろいろとわかったと思った。ブロディはケミカル・アリを知っていたが、拘置所から釈放されたばかりで金がなく、提供できるものを持っていない。ブロディは拘置所からエリザベス・クレイトンを尾行し、見張り、錠剤を手に入れて出てくるのを待っていた。そうすれば薬を入手でき、かつ見当違いの復讐を果たせる。

いまの状況は、クレイトンとブロディがいっしょにクリニックにやってきて、ブロディはたんにクレイトンが出てくるのを待っているだけという可能性もあるとボッシュはわかっていたが、クレイトンの放っといてよという性格から、彼女がチーム・プレイヤーだとは思わなかった。

ボッシュはジープを降り、すばやくうしろにまわって、尾板を上げた。サンフェルナンド市警では車を支給されていないため、自分の車の後部に仕事用のキットを置いていた。それは捜査中に起こりうるあらゆる状況に必要になるかもしれない私用の道具を詰めこんだダッフルバッグだった。肩越しに振り返り、ブロディがプラザの端にたどり着いて、角を曲がり、西に向かうのを確認する。その方向に進めば、クリニックの裏の路地に入り、おそらくは通り抜け路にたどり着くだろうとボッシュはわかっていた。クリニックのなかにクレイトンがいれば、その通り抜け路に姿を現すはずだった。

ボッシュはすばやくダッフルバッグのジッパーをひらいて、なかを掻き回した。ドジャースの野球帽を見つけ、それをかぶった。帽子のつばを引っ張って、目深にかぶるようにする。

そののち、プラスチック製の結束バンドを見つけ、二本取りだした。それを丸めてジーンズの尻ポケットにちょうど収まるようにする。バッグのジッパーを閉めると、尾板を降ろした。用意が整った。

プラザの角を見て、クレイトンの姿が見えないのを確認してから、ボッシュは最後にブロディの姿を見た、プラザの端を目指した。すばやくその距離を詰めて、シャーマン・ウェイに面している歩道へと曲がった。ブロディの姿はなく、ボッシュは相手がプラザのうしろの路地に入りこんだのだと確信した。足早に路地の入り口に向かい、そこを曲がった。

またしても男の姿は見えなかった。路地はさきほどボッシュが通り抜けたときよりもかなり暗くなっていた。夕暮れの陰りゆく光は、路地の両側に建ち並ぶ建物のせいで影をこしらえていた。ボッシュは用心しながら歩き、暗がりから出ないようにして進んだ。

「杖はどこにいったんだ、クソ野郎？」

ボッシュがその声に振り返ると、ブロディが二個の大型ゴミ容器のあいだから姿を現して、箒を振りかざしたのが目に入った。ボッシュは左腕を鶏手羽先のように曲げ、掲げて、前腕でその打撃の威力の大半を受けた。

衝撃でボッシュの腕に痛みが走った。だが、それはボッシュの反応を鋭くさせただけだった。ステップバックするかわりに、ボッシュはブロディに向かって踏みこんだ。飛びこんできた勢いでブロディはまえのめりになっていた。ボッシュは膝をブロディの股間に激しく突き立て、ブロディが息を吐きだすのを聞いた。箒はアスファルトに音を立てて転がり、ブロディは体をふたつに折った。ボッシュは相手のシャツのうしろをつかんで、それを引っ張り上げて頭と肩をすっぽり包むと、百八十度振り回してから離し、大型ゴミ容器のひとつの側面に頭から飛びこませた。ブロディはぶつかり、うめき声を上げて倒れた。

ボッシュはそばに寄った。ブロディの腕と手首はシャツに搦め捕られていたせいで、ボッシュは足首に向かった。

「いい動きだった」ボッシュは言った。「あんなふうにおれに警告するとはな。賢いな」

　ボッシュは尻ポケットから結束バンドを取りだすと、ブロディの足首をきつく縛りつけ、二本のバンドで二重に縛った。むろんブロディはシャツから容易に手を抜けるだろうが、次に足を自由にさせるという難問に直面するだろう。ホッピングして路地から逃げだし、バンドを切って助けてくれるような人間を見つけなければならないだろう。それにより、ボッシュがやらねばならないことをするのに充分な時間、ブロディの動きを遅くさせられるだろう。

　クリニックにいくもっとも早い方法は、路地をこのまま進むことだった。ボッシュが路地を通っていると、通り抜け路でふたりの人影が動いているのに気づいた。あまりに暗くて、ふたりの性別はわからなかったので、足取りを速め、小走りして、すぐにふたりが男だとわかるくらい近づいた。

　ボッシュはメルセデスのそばを通り、通り抜け路に入ると、クリニックのドアにたどり着いた。鍵がかかっていた。ボッシュは拳でガラスを強く叩いた。ドアフレームにインターホンの箱があるのに気づき、通話ボタンを三度押した。

　ややあって、箱から女性の声が聞こえた。ボッシュはそれがさきほどクリニックに電話をかけた際、応対した声だとわかった。

「きょうはもう終わりです。ごめんなさい」

ボッシュはボタンを押して、返事をした。

「警察だ。ドアをあけなさい」

反応はなかった。やがて中東の訛りがある男性の声が箱から聞こえた。

「令状を持っているのかね？」

「話をしたいだけです、ドクター。あけて下さい」

「令状がないとあけられない。令状が必要だ」

「オーケイ、ドクター。では、わたしは路地にあるメルセデスのまえであなたを待ちましょう。一晩じゅうでもいいですよ」

ボッシュは待った。十秒が過ぎ、医師は選択肢を検討したようだった。看護師の服を着た女性によってドアがあけられた。

彼女のうしろに白髪の男性が立っており、ボッシュは、それがドクター・ロハトだと推測した。

女性はドアを押しあけ、ボッシュの傍らを通り過ぎた。

「ちょっと待った」ボッシュは呼びかけた。

「家に帰るんです」女性は言った。

彼女は路地を進みつづけようとした。

「きょうの診察は終わったんだ」男性が言った。「彼女のきょうの仕事はすんだ」

ボッシュは男を見た。

「あなたがケミカル・アリ?」

「なんだと?」男は憤懣やるかたなしという表情で声を張り上げた。「わたしはドクター・ロハトだ」

ロハトは受付カウンターの奥にある壁のほうを指し示した。そこには額に入ったいくつもの免状が飾られていた。文字はとても小さくて読めるようなものではなかった。

ボッシュにはクレイトンがこのクリニックにいると百パーセントの確信があるわけではなかった。

ブロディはだれでもいいからカモにできる弱そうな患者がいないか待って、見張っていた可能性があった。だが、ロハトの行状についてエドガーから聞いた情報で、自分が強固な地盤に立っているという気がしていた。

「エリザベス・クレイトン、彼女はどこにいる?」ボッシュは訊いた。

ロハトは首を横に振った。

「そんな名前は知らない」ロハトは言った。

「いや、知ってるはずだ」ボッシュは食い下がった。「そこにいるのか？」

「だれもここにはいない。もう診療時間は終わったんだ」

「嘘をつくな。もし仕事が終わっていたなら、あんたは看護師といっしょに出ていったはずだ。ここを全部調べないといけないのか？　彼女はどこだ？」

「診療時間は終わった」

床になにかが転がる音が受付カウンターの奥の閉ざされたドアの向こうから聞こえた。ボッシュはすぐさまロハトを押しのけ、ドアに向かった。そこが奥の事務所と診察室につながっていると予想する。

「わかった！」ロハトが叫んだ。「たしかに三号室に患者がいる。彼女はいま休んでおり、起こしてはならない。病気なんだ」

ボッシュは足取りを緩めなかった。ドアを通り抜ける。背後からロハトが叫んだ。

「待て！　そこに入るんじゃない」

奥の廊下に並んでいるドアにはなんの印もついていなかった。

ボッシュは左から三番目のドアに向かい、それを勢いよくひらいた。そこは物置だった。やたらものを溜めこむ人間が管理しているような場所に見えた。ジャンク品の上にジャンク品が積み重なっていた。

自転車やTVやコンピュータ関連機器。これらは処方箋と薬と引き換えにロハトが手に入れたものだろう、とボッシュは推測した。ドアをあけはなったまま、廊下の真向かいにあるドアに向かった。

エリザベス・クレイトンがその部屋にいた。彼女は診察台の上に座っていた。紙製の手術用ドレープシートが肩を包み、体の大半を覆っていた。剝きだしの脚が台からぶら下がっている。床にはボッシュが先ほど耳にした音の発生源があった。ステンレススチール製のコップがこぼれた水のなかに転がっていた。

クレイトンはドレープシートの下が裸で、片方の乳房が剝きだしになっていたが、彼女はそれに気がついていない様子だった。彼女の乳房の皮膚は、砂漠の太陽を何日も浴びて日焼けし、ダークブラウンになっている胸と首と対照的で衝撃的なほど白かった。髪の毛はぐしょぐしょで、彼女はぼうっとなった状態にあった。ボッシュが入ってきても顔を上げすらしなかった。自分の手の星のタトゥをじっと見つめていた。

「エリザベス!」

ボッシュがそばに近づくと彼女はゆっくりとあごを上げた。手を膝の上に落とし、ボッシュの目を自分の目で捉える。そのなかに認識の色が浮かんだが、どこでボッシュと会ったのかわかっていない様子だった。

「きみのめんどうをみる。どれくらい与えられたんだ？」

ボッシュはドレープシートをかき合わせて、彼女の裸を覆った。彼女の体は痩せ細っており、ボッシュは目を背けたかったが、できなかった。彼女は片方の手を自分の股間に持っていった。それは慎みを表しているのではなく、貧弱な防御姿勢だとボッシュは解釈した。

「きみを傷つけるつもりはない」ボッシュは言った。「おれを覚えているか？　きみを助けに来た」

反応は返ってこなかった。

「立ち上がれるか？　服を着られるか？」

ロハトがボッシュのうしろから部屋に入ってきた。

「きみはここに入るのを許されない！　彼女は患者であり、きみがしているのは――」

「なにを彼女に与えた？」

ボッシュは振り返ってロハトを見た。

「患者の処置については話さない――」

ボッシュはロハトに飛びかかり、相手をうしろむきに壁に押しつけた。ロハトの頭が人体の重要臓器を表している印刷物に強くぶつかった。ボッシュは白衣のラペルをつかみ、激しく相手を壁に押しやった。

「おまえは医者じゃない、おまえはモンスターだ。おまえが何歳であろうとかまわない。おれの質問に答えないなら、この部屋で殴り殺してやる。どれだけ彼女に与えたんだ？」

ボッシュはロハトの目に真の恐怖が浮かんだのを見て取った。

「痛み止めのため、八十ミリグラムのオキシコドン二錠を処方した。徐放性の薬品であり、わけて飲むべきものなんだが、わたしがこの部屋にいない隙に、彼女はふたつとも砕いて鼻から吸ったんだ。それで彼女は過剰摂取状態のトリップをしている。わたしが悪いんじゃない」

「クソッタレ、どこが自分のせいじゃないだって。どれくらいまえだ？」

「二時間だ。拮抗剤のナロキソンを処方して飲ませたので、大丈夫だろう。こうやって上半身を起こして座っているのを見ればわかるように」

「それで彼女が意識を失っているあいだ、おまえはなにをやったんだ？　彼女をファックしたんだろ？　このクソ野郎が」

「してない」

「へえ、そうか、まあ、彼女をレイプ被害者支援センターにつれていけば、なにがあったかわかるな」

「われわれはそのまえにセックスをしたんだ、ああ。彼女は同意した。完璧に合意の上だった」

「クソッタレ、なにが合意の上だ。おまえは刑務所行きだ」

ボッシュは怒りが抑えられなくなり、ロハトを壁から引き離すと、ここでパンチを食らわせれば、濡れた毛布のようにくずおれるまえにロハトの首がうしろに跳ね上がるのを見て満足を得られるだろうと感じた。だが、拳を振るうまえに、ドアの隣の壁にあるインターホンの箱から大きな呼びだし音が聞こえた。

ボッシュはためらった。それによってロハトには両手を掲げて、近づいてくる衝撃をブロックするか、少なくとも勢いを弱めようとする時間が生じた。

「お願いだ」医師は懇願した。

「ねえ、あんたのこと知ってる」エリザベスが言った。

ボッシュは左手を降ろし、右手でロハトをインターホンのほうへ押しやった。

「失せろと言ってやれ」

ロハトはインターホンのボタンを押した。

「診察は終わりです、すみません」

ロハトはボッシュを振り返って、承認を求めた。すると、聞き覚えのある声がインターホンから聞こえた。

「ジェリー・エドガー、カリフォルニア州医事当局だ。あけろ」

ボッシュはうなずいた。昔のパートナーがやってきてくれたのだ。

「彼をなかへ通せ」ボッシュは言った。

33

エドガーが診察室に入ってきたとき、ボッシュはエリザベスが服を着る手伝いをしていた。

「ハリー、外にあんたの車を見かけた。手を貸す必要があるかもしれないと思ったんだ」

「必要がある、パートナー。彼女に服を着せるのを手伝ってくれ。彼女をここから出さないとならない」

「救急車かなにかを呼んだほうがいいぞ。これはクレージーな状況だ」

「支えていてくれ。ここから連れだすんだ」

ボッシュは棒のように細い脚にブルージーンズを穿かせようとしていた。なだめすかして立たせ、エドガーが支えているあいだ、ボッシュはジーンズを彼女の腰骨のところまで引っ張り上げた。

「出ていきたい」エリザベスは言った。

「まさにそうしようとしているところだよ、エリザベス」ボッシュは言った。

「あいつは卑しいマザーファッカーだ」クレイトンは言った。

ボッシュは賛成しようとして、部屋のなかを見まわした。

「おい、ロハトはどこだ?」

エドガーもおなじようにすばやくあたりを見まわした。ロハトは室内にいなかった。

「おれは――」

「彼女は任せろ。調べにいけ」

エドガーは部屋を出ていった。ボッシュは背中が自分のほうに向くようエリザベスを動かした。床の衣服の山のなかにある淡い黄色の上着に急いで手を伸ばした。ボッシュはその上着を手にして彼女の体のまえに持っていった。

「自分で着られるかい? 残りのきみの服は、いっしょに持っていく」

エリザベスは上着を受け取り、ゆっくりと片方の腕を通した。ボッシュはそっと紙のドレープシートを彼女の肩から外して、床に落とした。

ボッシュは彼女の肩のうしろに入れられた追悼のタトゥ全体を目にした。

デイジー
一九九四――二〇〇九

　十五歳で亡くなった少女か、ボッシュは思った。それがボッシュに手がかりと理解を与え、いっそうエリザベスを見捨てないという決意を固めさせた。

　機械的に動きながらエリザベスは上着をどうにか着たが、指が震えてジッパーを締められなかった。ボッシュは彼女を自分のほうに向け、ジッパーを上げてやった。それから靴下と靴を履かせられるよう、そっと診察台に押し戻して、座らせた。

　エドガーがロハト捜索から戻ってきた。

「あいつはいなくなった。おれをなかへ通したすきにすり抜けたにちがいない」

　エドガーはホッとした様子だった。その様子はロハトとは関係ない、とボッシュは気づいた。エリザベスがちゃんと服を着ていたからだ。

「たぶんおまえは刑務所にいくとおれが言ったからだろうな。かまわない。あいつはあとでしょっぴける。彼女をここから連れだそう」

「どこに？　こんな状態だとどこのシェルターも受け入れてくれないぞ。病院にいかないと、ハリー」

「いや、病院はだめだ。おれが言ってるのはシェルターじゃない。体を支えてやってくれ」

「マジかよ、ハリー。自宅へ連れていくなんてもってのほかだぞ」

「自宅へは連れていかない。戸口まで連れていこう。それからおれが車を取ってくる」

エリザベスにクリニックのなかを通らせ、プラザの前後をつないでいる通路の出入り口まで連れていくのに十分近くかかった。

「こっちだ」ボッシュは言った。

ボッシュは彼女を前方の駐車エリアに案内した。いったんそこにたどり着くと、ボッシュは彼女をエドガーにもたれさせ、アスファルトの上を走ってジープまでいった。周囲にざっと目を走らせたが、どこにもブロディのいる気配はなかった。

ボッシュはジープをエリザベスとエドガーのところまで動かし、飛び降りると、助手席にエリザベスを乗せ、シートベルトを締めてやった。

「ハリー、どこにいくつもりだ？」

「治療センターだ」

「そうだ。そうすれば、あの女はたぶん、いまから……そう、日の出までにここへ来る。そのときにエドガーが確保される。エリザベスに腹を立てたりはしてないよな？　あの男は、顔も見たことないぞ」

「どこの？」

「名前はない」

「ハリー、どういうこった？」

「ジェリー、おれを信用してくれ。おれは彼女にとって最善の手を打つつもりだ。それはルールがどうなっていようとどうでもいい。そんな段階を通り過ぎてるんだ、いいか？　おまえに気を揉んでもらいたいのは、ケミカル・アリが逃亡したいま、この一帯の安全をどう確保するかについてだ。あのクリニックには彼女のようなゾンビの一群を作りだすくらいの鎮痛剤がたっぷりあるだろう」

ボッシュはうしろに下がり、ジープのドアを閉め、運転席側にまわった。

「そしてその群れは日の出までにここに出現するだろう」

ボッシュがジープに滑りこむと、エドガーが施錠されていないクリニックの出入り口を振り返っているのが見えた。いったん車のなかに入ると、ボッシュはエリザベスの様子を確認し、彼女が助手席側の窓に頭をもたれさせ、すでにうとうととしているのを見た。

ボッシュは車を発進させ、駐車場の出入り口に向かわせた。バックミラーでエドガーの様子を確認する。元のパートナーはただその場に立ち、ボッシュが走り去るのを見つめていた。

いい知らせは、あまり遠くまでいく必要がないことだった。ボッシュはヴァンナイズ大通りに引き返し、北上してロスコー大通りにたどり着いた。そこで西に折れ、ロスコー大通りを進んで、フリーウエイ４０５号線の下をくぐり、工業地域に入っていった。巨大なアンホイザー・ブッシュ・ビール醸造所が規模といいにおいといい、ほかを圧する存在で、煙突からビール醸造の煙を夜空に立ち上らせていた。

ボッシュはその地域に入って、二度曲がり角を間違えたあげく、ようやく目指している場所を見つけた。その地所は有刺鉄線を巻きつけた金属製フェンスで囲まれていたが、入場ゲートがあいていた。建物の標識はなく、住所すら記されていなかったが、正面に並んでいる六台のハーレーがここの正体を示す決定的な証拠となっていた。

ボッシュは建物のファサードの中央にある黒いドアのできるだけそばに車を停めた。車を降り、エリザベスに手を貸そうと助手席側にまわりこんだ。ボッシュは彼女の背中に腕をまわし、なかば抱えるようにしてドアに近づいた。

「頼む、エリザベス、助けてくれ。歩くんだ。歩いてくれないと」

ふたりがたどり着くまえにドアがあいた。

シスコがそこに立っていた。

「どんな具合だ？」シスコが訊いた。

「見つけられたんだが、そのまえに彼女はきつい一服をやってたんだ」ボッシュは言った。「過剰摂取をしてしまい、そのあとでナルカンを与えられ、醒めようとしているところだ。用意は整っているか？」

「整っている。おれが連れていこう」

シスコは身を屈め、軽々とエリザベスを持ち上げると、なかへ運びこんだ。ボッシュはあとにつづき、戸口を通り過ぎたとたん、外側には現れていなかったものを見た――クラブハウスだ。大きな部屋にビリヤード台が二台あり、人のいないバー・カウンター、カウチ、テーブル、椅子もあった。ネオンサインが、後光付きの骸骨とバイクの車輪を描いていた――ロード・セイント団のシンボルだ。長いひげの大柄な男数人がシスコと連れが入ってくるのを見つめていた。

ボッシュはシスコのあとにつづいて、ほの暗く照らされた廊下を通って、狭い部屋に入った。そこはおなじように明かりが乏しく、ボッシュが二晩を過ごした、砂漠の受け子用バスにあったような軍用簡易ベッドがひとつあるだけだった。

シスコはエリザベスをそのベッドにそっと寝かせ、一歩退くと、彼女をけげんな目つきで見つめた。

「病院につれていかなくてもいいとほんとに思っているのか？」シスコは訊いた。

「ここでこの女を死なせるわけにはいかんぞ。もし死んだら、彼女は姿を消す。だれも検屍局に連絡を入れたりしないぞ。なにを言ってるのかわかると思うが」

「わかってる」ボッシュは言った。「だが、彼女はこの状態から恢復するだろう。大丈夫だと思う。医者がそう言ってた」

「藪医者がそう言ってたという意味だよな？」

「あの医者も自分のところで死なせたくなかったはずだ」

「どれくらい摂取したんだ？」

「八十ミリ錠をふたつ砕いた」

シスコが口笛を吹いた。

「ひょっとしたらいろんなことにけりをつけたいと願ったのかもしれないんだぜ」

「そうかもしれないし、そうでないかもしれない。だから……ここがきみがやったところか？　この部屋で？」

「部屋は違うがおなじ場所だ。おれは釘を打って閉じこめてもらった。この部屋はドアの外に錠が付いている」

「で、彼女はここで安全なのか？」

「それは保証する」

「オーケイ。おれはここを離れて、あしたの朝戻ってくる。早くに。そのとき彼女と話をする。で、準備は怠りないか？」

「怠りない。あんたが戻ってきて、彼女が自分で決められるまでサボキソン（オピオイド依存症治療薬）の使用は待つ。いいか、彼女が判断を下さなければならない。さもなきゃ、ここで終わりだ」

「わかってる。ただ彼女から目を離さないでいてくれ。おれは戻ってくる」

「離さないよ」

「それから、ありがとな」

「恩送《ペイ・イット・フォワード》り、そう言うんだろ？　これはおれにとって恩送りなんだ」

「それはいいな」

ボッシュは寝床に一歩近づいて、身をかがめ、エリザベスを見下ろした。彼女はすでに眠っていたが、正常に呼吸しているようだった。そのことボッシュは背を伸ばし、ドアのほうを向いた。

「戻ってくるときになにか持ってこようか？」ボッシュは訊いた。

「いいや」シスコが答える。「ただ、おれの杖と膝サポーターを返してくれてもいいぞ。もし用がすんだのなら」

「あー、そうか、それは問題かもしれない。両方とも事件の証拠として押収されたんだ」

「なんの証拠だ？」

「話せば長くなる。だが、代わりの品物を渡すことになるかもしれない」

「忘れてくれ。ある意味で、あれは誘惑の材料なんだ。あのふたつを排除できてよかった、と思う」

「了解した」

ボッシュはジープに戻り、自宅へ戻る行程を考え――日曜夜の車の流れに乗って少なくとも四十分かかる――ちゃんと運転できないくらいクタクタで疲れていると気づいた。エリザベスが車のガラスに頭をもたれてスヤスヤと寝入った様子を思い浮かべた。ボッシュは座席のサイドレバーに手を伸ばし、背もたれをもっとも深いリクライニング角度に倒した。

目をつむり、すぐに死んだように深い眠りに落ちた。

八時間後、夜明けのなににも遮られていない光がボッシュの瞼の下に忍びこんで、ボッシュを起こした。周囲を見まわして、ジープの隣には一台のバイクしか停まっていないのを見た。ほかのバイクはどういうわけかパイプを貫く音でボッシュを起こさずに夜のうちに走り去っていた。それだけ疲れていた証拠だった。

残っているバイクは黒い燃料タンクにオレンジ色の炎がペイントされていた。ボッシュはそれがシスコに貸してもらった杖の塗装と合致しているのに気づいた。シスコがまだ当番中である、とバイクは告げていた。

あたりに注意を払ってから、ボッシュはグラブ・コンパートメントの鍵をあけ、銃とバッジがまだそこにあるのを確認した。

なにも盗まれていなかった。ボッシュはコンパートメントにふたたび鍵をかけると、ジープを降り、建物のなかに入った。前方の部屋にはだれもおらず、廊下を通って、建物の奥へ向かった。ほぼ八時間まえにエリザベス・クレイトンを残してきた部屋のドアをふさぐように置かれた寝床にシスコが座っていた。

寝床の隣にはバイクのエンジンの作業をしているあいだ腰を落ち着けるのに使われている低いスツールがあった。

「戻ったな」

「正確に言うと、一度も出ていかなかった。彼女の様子はどうだ？」

「いい夜だったよ――壁にぶつかってはこなかった。一時間ほどまえに目を覚まして、壁を叩きはじめている。だから、あんたは部屋のなかに入り、彼女が爪を嚙み切るまえに説得しなきゃならん」

「わかった」

シスコは立ち上がり、寝床をどかした。

「このスツールを持っていけ。しゃべるとき、彼女とおなじ目の高さにするんだ」

ボッシュはスツールをつかむと、ドアの鍵をまわし、部屋に入った。

エリザベスは寝床の上で座って、背中を壁にもたれ、胸のまえで腕組みをし、ドラッグを必要としている初期段階であることを示していた。ボッシュが入ってくるのを見ると、エリザベスは身を乗りだした。

「あんた」エリザベスは言った。「きのうの夜いたのはあんただと思った」

「ああ、おれだ」ボッシュは言った。

ボッシュは寝床から一・二メートル離れたところにスツールを置いて、腰を下ろした。

「エリザベス、おれの名前はハリーだ。つまり、本名がという意味だ」

「いったいこれはなんなの？　あたしはまた牢屋にいるのかい？　あんたは麻薬取締

官なのかい？」

「いや、きみは牢屋に入っていないし、おれは麻薬取締官じゃない。だけど、まだきみはここを出ていけない」

「いったいなにを言ってんの？　出ていかなきゃ」

彼女は立ち上がろうという動きをしたが、ボッシュはすばやくスツールを離れ、両手をまえに突きだして、彼女を寝床に押し戻す用意をした。エリザベスは動きを止めた。

「あたしになにをする気？」

「おれはきみを助けようとしている。覚えているかな、最初におれが飛行機に乗ったときにきみが言ってくれた言葉を？　きみは、『地獄へようこそ』と言ったんだ。まあ、そういうのはもうみんななくなったんだ。ロシア人たち、あそこのキャンプ、飛行機、全部が。すべて終わらせた。ロシア人たちは死んだ。だけど、きみはまだ地獄にいるんだ、エリザベス」

「あたしはほんとに出ていかないといけないんだよ」

「どこへだ？　ケミカル・アリはいなくなった。彼のクリニックは昨晩手入れを受けた。どこにもいくところはないんだ。だけど、われわれはここできみを助けてやれる」

「なにを持ってるんだい？　それが要るんだ」

「いや、そういうんじゃない。つまり、ほんとうにきみを助けるんだ。その薬物依存状態から脱却させ、この人生から抜けださせる」

エリザベスは悲鳴のような笑い声を上げた。短く矢継ぎ早の笑い声だ。

「あたしを救えると思ってんの？　そんなことをしようとしたのがあんただけだと思ってんの？　忘れな。クソッタレ。あたしは救われないんだ。まえにも言っただろ。あたしは救われたくないんだ」

「救われたいと思っているだろ。心の奥底ではみんなそう思っている」

「いいえ、お願い。出ていかせてちょうだい、それだけでいい」

「きついものになるのはわかっている。この部屋で一週間だ。一年にも感じられるだろう。きみにいっさい嘘をつくつもりはない」

エリザベスは顔を両手で覆い、泣きだした。それが同情を買って部屋から出ようとする必死の試みなのか、あるいは自分自身とこの先に待ち受けていると知っているものに対する真の涙なのか、ボッシュにはわからなかった。ボッシュは彼女にこの部屋を出ていってほしくなかったが、これからなにが起ころうとしているのか彼女に知ってもらい、承認してもらう必要があった。

「ドアの外に男がひとり座っており、きみのためにここにいるんだ。彼の名前はシスコだ。彼もきみがいるところにいた」

「お願い、あたしにはできない」

「いや、きみはできる。だが、きみは自分でそれを望まねばならない。心の奥底で。きみは自分が奈落の底にいて、そこから這い上がりたいと思っていると自分でわかっていないといけないんだ」

「いや」エリザベスは苦悶の声を漏らした。

ボッシュは涙が本物だとわかった。彼女の指のあいだから、相手の目に浮かぶ真の恐怖が見えた。

「これまでにきみにサボキソンを処方してくれた医者はいたかい？　その薬は役に立つんだ。きみはまだ離脱症状の苦しみを抱えているが、その薬がそれに効くんだ」

エリザベスは首を横に振り、両腕に力をこめて自分の胸を抱き締めた。

「薬はきみを助けてくれる。だけど、きみはがんばりぬかないとだめなんだ。やりたいと思わなければだめだ」

「さっきから言ってるじゃない、なにもうまくいかないって。あたしは救われないいんだ」

「いいか、きみがだれかを失ったのはわかっている。きみはそれを自分の皮膚に刻んでいる。それがきみを穴に突き落とす力を持っているとわかっている。だけど、デイジーのことを考えてくれ。彼女がきみに望む結末がそれだろうか？」

エリザベスは答えなかった。泣いているあいだ、片手でまた目を覆った。

「もちろんそうじゃない」ボッシュは言った。「彼女が望むのはそんなことじゃない」

「お願い」エリザベスは言った。「もう出ていきたい」

「エリザベス、これを終わりにしたいとだけ言ってくれ。うなずいてくれれば、これを抜けられる」

「あたしはあんたのことなんか知ってもいないんだ！」エリザベスは泣き叫んだ。

「そのとおりだ」ボッシュは言った。声は冷静なままだった。「だけど、きみにはこんなことよりいいものが待っているとわかっている。それが欲しいと言ってくれ。デイジーのために」

「あたしは出ていきたい」

「どこにも行き場はないんだ。ここしかないんだ」

「クソ」

「ここにいるんだ、エリザベス。試してみたいと言ってくれ」

エリザベスは手の向こうに隠れるのをやめ、力なく膝の上に手を落とした。ボッシュから目を逸らし、右側を見る。

「さあ」ボッシュは言った。「デイジーのために。その頃合いだ」

エリザベス・クレイトンは目をつむり、つむったまま口をひらいた。

「わかった」彼女は言った。「やってみる」

34

ボッシュは十五分遅れで朝食ミーティングに到着した。ハラーはレストランの奥に近いブースに座っていた。ボッシュはブースに腰を滑らせ、ハラーの向かいに座りながら、食べ物を胃が受けつけるだろうか、と疑問に思った。食べないと決めた。

「遅いぞ。それにひどい顔色だ」ハラーが言った。

「すまんな」ボッシュは言った。「過去七十二時間は人生最高のものじゃなかったとでも言わせてくれ」

「じゃあ、いい知らせを聞かせてやろう、兄弟。あんたを灰から蘇らせる計画を立てるためにわれわれはここにいるんだ」

「いいね」

「あのな、たくさんのことがこの七十二時間に起こったんだ。シスコにここにいて、彼の担当した部分の話をしてもらいたいんだが、あいにく連絡が取れないところにいるみたいだ」

「きみがおれに伝えてくれるというのはできないのか？」

「もちろんできるさ。要するに、水曜日、強力な証言ラインナップを組めるということだ。法廷への足がかりさええられればな。そこが鍵になる。検事局とクローニンは審問からわれわれを排除しようと必死になって言い立てようとするだろうが、われわれは当事者適格のための説得力のある主張を持っている。だから、あんたには怒りをあらわにする練習をしてもらわないと」

「そんな練習をする必要はない。それから、ボーダーズは出席するのか？」

「判事が移送命令を出した。たぶんわれわれがいまここで座っているうちにヴァンに乗せられているんじゃないかな」

「ああ、もしあいつが審問に出席するなら、自由に近いということだな。それならありったけの怒りを発揮できるだろう」

ハラーはうなずいた。それが彼の聞きたがっていることだった。

「さて、タイムズの記事でめちゃくちゃ混乱が起きているが、あれはこちらの有利に働くだろう」弁護士は言った。「なぜなら、あの記事で今回の一件が表沙汰になり、検察はあんたの職業上の評判が大きな打撃を受けていないと主張できなくなるからだ。一目瞭然になり、白か黒かの話になる」

「けっこう」ボッシュは言った。「あれがケネディのクソ野郎にバックファイヤーを浴びせればいいのにな」

「そうだな。さて、あらゆる不測の事態に備えをしなければならない。おれが主張を述べたあと、判事は判事室であんたに質問をしたいと考えるかもしれない。きのうの記事は、この件にマスコミの大注目が集まるのを保証しており、判事はマスコミのまえにこの話を出すまえにうしろであんたの言い分を聞きたがるかもしれない。それになにか支障はあるだろうか？」

「いや、ないな」

ウエイトレスがテーブルに来て、ボッシュはコーヒーを注文した。ハラーはパンケーキの数枚重ねを注文し、そののちウエイトレスは立ち去り、ふたりだけにした。

「食べたくないのか？」ハラーが訊いた。

「ああ、いまは」ボッシュは言った。「で、スペンサーはどうなった、あのカウンターの男は？　おれがこの件から外れているあいだ、なにが起こった？」

「きのうの夜、スペンサーの耳にうるさい雑音を入れてやったんだ」

「どういう意味だ？」

「スペンサーに召喚状を送達してやった。それであいつは震え上がった。なぜなら、連中があいつのケツを隠しているところをわれわれがつかんでいるのを知らなかったからだ」

「オーケイ、詳しく説明してくれ。おれは木曜日から蚊帳の外に置かれていたんだ、覚えているだろうが。最後に聞いた話だと、シスコがあいつを尾行していて、書店の駐車場でクローニンの妻と会うところを目撃した。そのあとなにがあったんだ？」

「次の朝、おれがシスコにスペンサーを尾行させた。クローニンとクローニンは、どうやらあんたがなにかを調べていて、このまま泣き寝入りするつもりはないようだと感じていた。それで、連中はこちらがスペンサーを利用できないよう、審問が終わるまであいつを隠しておこうとした。だが、クソ食らえ、シスコと彼の仲間たちはすでにスペンサーを監視していて、連中がラグナに設けた隠れ家まで尾行したんだ。そこは夫妻の週末の家だった。スペンサーが召喚状を受け取ったときの顔を見せてやりたかったよ」

「きみはその場にいたのか？」

「いいや、おれが召喚状を送達したらルールに反することになっていただろう。だけど、その場に居合わせるのの次に最高のものを持っている」

ハラーは携帯電話を取りだし、ビデオの再生の設定をしながら、話をつづけた。

「おれは召喚状を発行して、オレンジ郡にいる知り合いの私立探偵にファクスした。ローレン・サクス、元オレンジ郡の保安官補で、凄い美人だ。人は彼女をセクシー・サクシーと呼んでいる。いまでは婚姻関係の仕事をたくさんおこなっている——ほら、バーにいき、調査対象の夫が浮気をしていないかどうかを探るとか、そんなたぐいの仕事だ。そうした仕事をするのに隠しカメラが付いた眼鏡をかけている。おれはサクシーに、今回の送達の動画を撮影するよう頼んだ。これが彼女の撮ったビデオ映像だ」

ハラーはボッシュが見られるように携帯電話を向けた。ボッシュはテーブルに身を乗りだし、音声も聞き取れるようにした。画面にはドアが映っていた。サクスのビデオ眼鏡の視点から撮影された映像だった。サクスが腕を伸ばしドアをノックするのをボッシュは見た。沈黙があったが、ひとつの影がドアの中央にはめられた四角い装飾ステンドグラス越しに見えた。何者かがドアの反対側に黙って立っているのだ。

「スペンサーさん」サクスが言った。「ドアをあけて下さい、お願いします」

サクスの厳しい口調には長い沈黙が返ってきた。

「スペンサーさん、こちらからあなたの姿が見えるんですよ」サクスは言った。「どうかドアをあけて下さい」

「あんたはだれだ？」声が問いかけた。「なんの用だ？」

「あなたに署名していただく法律文書をお持ちしました。ロサンジェルスからの」

「なんの話をしているのかわからない」

「あなたが利用している法律事務所は、クローニン&クローニンですね？　では、これはあなた宛の書類です」

反応がない。すると、鍵がまわりはじめる音がして、ドアが十センチほどひらいた。ひとりの男が片方の目で外を見ていた。だが、その隙間からボッシュにとってもほかのだれにとってもそこにいるのがスペンサーであるとはっきりわかるくらい顔が見えていた。サクスはドアの隙間から折り畳んだ白い書類をすばやく押しこんだ。スペンサーはドアを閉めようとしたが、ビデオに映っていないところで、サクスは戸口に足を挟んでいた。書類は通り抜け、スペンサーはそれが背後の廊下の床に落ちるのを許した。

「それは来《きた》る水曜日の朝に裁判所への出頭をあなたに求めている召喚状です」サクスは言った。「その書類には、あなたが本状の送達を受けたことが明示されています。もしあなたが出廷しなければ、あなたにはロサンジェルス郡保安官事務所から逮捕状が出され、逮捕されることになるでしょう。わたしがあなたなら出廷しますね」

最悪の悪夢がこれから繰り広げられると悟って、スペンサーは目を見ひらいた。口をひらいたとき、スペンサーは言葉につかえた。

「お、お、おれは、テリー・スペンサーじゃない」

「よろしいですか、わたしはテリーという名前をまったく使っていませんし、召喚状には〝テレンス〟と書かれています。もしわたしがあなたでしたら、出廷を避けるためにその戦略は取らないでしょうね。あなたは合法的に正しく送達を受けました。わたしは送達をおこなったことを記録しました。姿を見せなかったり、送達を受けていないと主張したりすれば、上級裁判所判事と、おそらくはあなたの雇用主であるロサンジェルス市警を怒らせるだけでしょう」

サクスは足をどかし、スペンサーはドアを閉めた。彼の影はステンドグラスのパネルの向こうにまだ留まっていた。サクスはドアのまえで一瞬じっとしていたが、やがて手を伸ばして、ふたたびノックした。今回は、まるで同情しているような優しいノックだった。

「アドバイスをひとつよろしいですか、スペンサーさん？　弁護士といっしょに出廷なさい。それからキャシー・クローニンを使うのは、利益相反になるでしょう。彼女の法律事務所は、プレストン・ボーダーズの利益の代理をしており、あなたの利益の代理はしていません。それでは、いい一日をお過ごし下さい」

ビデオの視点が百八十度くるりと変わり、サクスは踵を返し、石畳の細道を通って待機している車に向かって歩いていった。その場所がラグナ・ビーチの丘陵であることははっきりしており、ボッシュは、通りの向かいにある家の屋根越しにコバルトブルーの海を見た。

ビデオは終了し、ハラーは携帯電話を戻した。ハラーは笑みを浮かべてボッシュを見た。

「なかなかすてきだろ？」ハラーは言った。「われわれはスペンサー氏をかなりみごとにティーに乗せたと思う」

「彼はどうすると思う？」

「出廷してくれるのを期待する。判事と雇用主を怒らせるというくだりを言うようにサクシーに言い含めておいたんだ。ひょっとしたらそのおかげで彼は出廷するかもしれない」

「弁護士を連れてくるようにという助言もきみが伝えたのか？　弁護士なら修正第五条で保障された黙秘権を行使するよう彼に伝えるかもしれない」

「かもしれないな。だが、そのリスクを冒す価値はあると思ったんだ。スペンサーとクローニン夫妻を切り離す必要がある。願わくは、スペンサーが彼らになにが起こっているのか伝えないでいてほしいものだが」

「それはわかるが、もしスペンサーが修正第五条を使ったら、彼がどうやって証拠を操作し、あの証拠保管箱に入れたのか、けっしてわからなくなるぞ」

「裁判に勝てるなら多少の秘密は我慢して受け入れられるものだ。なにが言いたいかわかるよな?」

「たぶん。ほかにどんなものを手に入れた?」

「まあ、そこであんたが必要になるんだ、兄弟《ブロハイム》。シスコはいま捕まらないんだ――バイクで事故ってなきゃいいんだが――いま調査員が要る。場所を知りたい――」

「だからというわけじゃなく言うんだが、シスコはおれのために働いてくれていた。きのうの午後から。今回の事件がらみじゃない。個人的な用件で」

ハラーは冗談だと思って、笑い声を上げた。

「本気だ」ボッシュは言った。

「個人的な用件だって」ハラーは言った。「どんな個人的な用件なんだ?」

「シスコはおれの友人を助けているところで、それは秘密の案件なんだ。今回の件とはなんの関係もない」

「自分の調査員を使えないというのなら、今回の件に関係している。いったいなにが起こっているんだ？」

「あのな、緊急要件で、シスコが必要だったんだ。もう少ししたら体が空くだろうから、そのときになれば全部話せる。だが、おれがいる。だれかあるいはなにかの場所を突き止めたいと言おうとしていたな？　なんだ？　だれだ？」

ハラーはしばらくボッシュをまじまじと見てから答えた。

「捜しているのは人間だ」ようやくハラーは言った。「もともとの裁判の記録を取り寄せ、証言録を読んでいた。ダイナ・スカイラーの居場所を突き止めたいんだ」

ボッシュがその名前にピンと来るまで時間はかからなかった。ダイナは、ダニエル・スカイラーの妹だった。休日にダニエルを訪ねる予定になっていた。

その訪問は実現しなかったが、ダイナはフロリダ州のハリウッドからやってきて、姉妹がいっしょに暮らし、カリフォルニア州ハリウッドを席巻《せっけん》するはずだった計画について裁判で証言した。ダイナが年下で、ダニエルはずっとダイナの庇護者だった。証言のなかで、ダイナは映画『ホワイト・クリスマス』への自分たち姉妹の愛を口にした。なぜならふたりの姉妹を扱ったショービジネスの物語だったからだ。毎年ホリデーシーズンになると、母親のため、映画の挿入歌「シスターズ」を自分たちで振り付けして、ふたりで歌うのがつねだったとダイナは陪審に語った。

ダイナは裁判の量刑判断段階で強力な証人だった。涙ながらの彼女の証言時間が、陪審と判事双方を動かし、死刑判決へと導いた、とボッシュはずっと感じていた。

「感情的な影響力のため、ダイナが必要になるかもしれないと考えているんだ」ハラーは言った。「家族がまだ気にかけている、被害者の妹がまさにこの法廷に来ている、と判事に知ってもらい、この件をきちんと理解したほうがいいと判断させたい」

「ダイナは裁判では強力な存在だった」

「こっちに引っ越したのかな、ダイナと姉が計画していたように？」

「ああ、引っ越した。当初、おれは彼女と連絡を絶やさぬようにしていたが、次第に疎遠になっていった。ダニの身に起こったことをおれが思いださせるからだろうな。彼女からメッセージを受け取って、近況を訊ねるのをやめたんだ」

「ダニ？」

「ダニエルだ。彼女のことを知っている人たちは、ダニと呼んでいた」

「水曜日にあんたが証言を認められたら――そうでなかったら、おれは大騒動を起こすつもりだ――ダニエルをそう呼ぶようにしてくれ」

ボッシュは返事をしなかった。この手の微妙な操作は、ハラーの日常生活の一部だったが、いつもボッシュの気になるところだった。たとえ自分たちに有利に働くようおこなわれるとしても。自分に敵対する弁護士からの微妙な操作を許さないとしたら、自分のために働いてくれる弁護士の微妙な操作も受け入れるべきではない、とボッシュは感じた。

ハラーは先をつづけた。

「で、彼女は女優になれたのか？」ハラーは訊いた。「彼女をインターネット・ムービー・データベースで調べたが、なんの情報も見つからなかった。名前を変えるかなにかしたのか？」

「あー、きちんと追ってはいないんだ。まだ映画ビジネスに留まっているかどうかわからない」

「彼女を見つけられると思うか？」

「生きていたら見つける。だが、ＬＡにいなければ、水曜日の朝までに彼女をここに連れてこられるかどうかわからない」

「そうだな。できることをやってくれればいい。ひょっとしたら、われわれは運がいいかもしれない」

「ひょっとしたらな。ほかになにかあるか？」

「あんたにからむことでは、以上だ。おれは午前中ここで働いて、裁判の方針を考えだす」

「それはなんだ？」

「ひとつわれわれが期待できるのは、判決取り消しの審問への参加を希望したことにより、地区検事局とボーダーズ双方から激しい攻撃を浴びることだ。そうなれば、おれは反論し、判事に申し出をする——当事者適格が認められたら提示する予定のものを非公式に見てもらう、という申し出だ。こちらの証人リストを披露し、それぞれの証人がなにを証言するかについて話をする。もしわれわれが判事を納得させることができれば、われわれは審理に参加し、あいつらの尻を蹴り上げてやれる」

「わかった。ここで離れてもかまわないか？　朝のフォローアップのため出かけないといけないし、ダイナを捜す仕事にも向かいたい」

「問題ない、ハリー。両方やってくれ。だが、いまから水曜日のあいだに少しは眠ってくれ。自分は有罪だというような顔つきで法廷に来てもらいたくはないんだ」

コーヒーを最後にゴクリと飲み干し、ボッシュは指を一本立てて、銃のようにハラーに向けると、ブースから滑りでた。ボッシュが立ち去るまえにハラーがまた話しかけた。

「なあ、ハリー、最後にひとついいか？　あんたはじつにすばらしい刑事だ、兄弟、だけど、おれはうちのシスコを返してもらいたい」

「わかった。伝えよう」

35

車でサンフェルナンド市警本部にやってくると、建物の正面にスペイン語圏TV局の放送トラックが一台停まっているのをボッシュは見た。薬局《ファルマシア》殺人事件のせいかと思ったが、週末に起こったことをあまり長くは抑えていられないはずで、スペイン語圏のマスコミは、サンフェルナンドでのニュースになると、すっぱ抜くことが頻繁にあった。

通りをはさんだ向かいの刑務所にある自分のオフィスにいくまえに、ボッシュは署の通用口から入り、コーヒーをもっと手に入れ、刑事部の様子を確認しようとした。今回、刑事部は定員一杯で、三人の刑事がそれぞれの作業ポッドにいて、トレヴィーノ警部ですら、オフィスのドアをあけたまま、机の向こうに座っていた。

ボッシュが入っていくとベラ・ルルデスだけが顔を起こし、ボッシュに自分の間仕切りスペースに来るようすぐに合図した。

ボッシュは一本指を上げ、ちょっと待ってくれるよう伝えた。ボッシュは近くのコーヒー・ステーションに近づき、この日二杯目の活力の元を手早く注いだ。それから三つの机からなるモジュールをぐるっとまわって、奥のベラの場所にたどり着いた。

「おはよう、ハリー」

「おはよう、ベラ。どうした？」

ルルデスはコンピュータ画面を指さした。そこにはビデオ映像が再生されていた。それは明らかにヘリコプターから撮影された、水面から死体を回収する下向き映像だった。ふたりのダイバーがうつむけに浮かんでいる男の死体と格闘していた。男は服を身につけていたが、着ていたTシャツはちぎれ飛び、襟だけが体に残っていた。Tシャツの残りは降伏の白旗のように水面に漂っていた。ダイバーは死体を仰向けにして救命ストレッチャーに載せようと格闘していた。ストレッチャーにはヘリから降ろされたケーブルが付いていた。

「ソルトン湖」ルルデスが言った。「二時間まえの映像。夜明けの低空飛行捜査で死体を発見したの」

ボッシュは身を乗りだし、コーヒーをこぼさないよう注意しながら、画面と死体をさらに近くで見ようとした。

「あれってふたりめのロシア人？」ルルデスが訊いた。

ボッシュが答えるまえにシストが加わったのに気づいた。ベラの反対側の肩越しに画面を眺めていた。

「服はおなじようだ」ボッシュは言った。「覚えているかぎりでは。やつにちがいない」

「死体を検屍局に運んだら顔のクローズアップ写真を送ってくれるよう頼んだわ」ルルデスが言った。

「それでうまく締めくくれますね」シストが言った。「少なくともわれわれの事件では」

「まちがいなく」ルルデスが付け加えた。「作戦司令室に入って、最新状況の共有と、この件できょうだれがなにをするか決めない？」

「よさそうですね」シストが言った。

ルルデスが立ち上がり、トレヴィーノとルゾーンに声をかけた。

ボッシュは作戦司令室の空気に喰いそこねた朝食のにおいがまだ漂っているのを感じた。四人の刑事がテーブルのまわりの席につき、トレヴィーノも参加した。ボッシュが最初に口をひらいた。

「あー、書類作業などを分担するまえに言っておくが、おれがここに来たのは、やらねばならないことをやり、ほかの捜査機関からのフォローアップ作業があればそれに対処するためだ。だが、まずみんなも知ってのとおり、水曜日の朝に法廷で用がある。おれの面目とこの市警本部でこの先勤められるかどうかが関わってくる。なので、きょうは、その準備の時間が必要だ。やらなきゃならないことがいくつかあって、後回しにはできない」

「わかってる、ハリー」トレヴィーノが言った。「それにわれわれが協力できることがなにかあれば、教えてくれ。本部長とはすでに話をしており、本部長とこの部屋にいる全員に成り代わって言うが、われわれは百パーセントきみを支持する。きみがどんな刑事でどんな人物なのか、われわれは知っている」

ボッシュは気恥ずかしさで顔が赤くなるのを感じた。法執行機関に永年勤務してきたが、上司からそんな称賛を聞いたのははじめてだった。

「ありがとうございます、警部」ボッシュはなんとか声を絞りだした。

一同は落ち着き、当面の仕事にとりかかった。まず、ルルデスが、昨日の午後以降のDEAの行動について、ホーヴァン捜査官からけさ入手した報告書を要約することからはじめた。スラブ・シティ近郊の露営地は、捜査が入り、閉鎖された、とルルデスは報告した。薬物中毒の住民たちは、サンディエゴの海軍基地に避難することになり、そこで医学的な検査がなされたのち、無料《プロボノ》のリハビリ・プログラムの提供を受けることになる。

ルルデスは、DEAがパコイマにあるクリニックも閉鎖に追いこみ、そこを運営していた連中を、名義上のオーナーであるエフラム・ヘレラ医師とともに逮捕した、と報告した。

逮捕された者のなかに、ヴァンの運転手がいた。ファルマシア殺人事件の逃走車両を運転していた人間ではないかと疑われていたが、いまのところ連邦法の下、継続的に活動している犯罪組織に加担していたという容疑のみだった。

そこから、報告書作成、フォローアップ聴取、通告の仕事が刑事たちのあいだで分担され、ボッシュは完全に免除された。ルルデスとルゾーンにはダウンタウンの連邦拘置施設にいって、運転手にファルマシア銃撃事件に関する訊問をおこなう任務が割り当てられた。部屋のなかにいる全員が、成果がないだろうと予測している仕事だった。十五分後、ボッシュは、三杯目のコーヒーを手に、通りを横断し、旧刑務所へいった。TVトラックが姿を消しているのに気づいた。レポーターと撮影スタッフがバルデス本部長に無視されたのだろう、とボッシュは推測した。今回の事件の共同記者会見は、DEAと州医事当局の職員とともに、市警本部で午後三時にひらかれることになっていた。〈ラ・ファルマシア・ファミリア〉での二重殺人事件は解決し、容疑者は死亡した、と発表されるだろう。ソルトン湖でけさ回収された死体がふたりめのロシア人であるとあとでボッシュが確認できたなら、という条件付きで。

ボッシュはこの事件では潜入捜査をおこなっていたため、部外者扱いであり、記者会見への出席は求められないはずだった。

コーヒー以外にボッシュは事件に関して夜通しまとめた書類のコピーが入っているファイルを手にしていた。もっとも調べてみたいと思っている書類は、飛行機で殺した男に関するインターポール（国際刑事警察機構）の報告書だった。いったん旧刑務所の囚房に落ち着くと、ボッシュは間に合わせの机に向かって腰を下ろし、ファイルをひらいた。

ボッシュが殺した男は、厳密に言うとロシア人ではないのが判明した。インターポールのデータでは、男がロシア語を母国語として育ったと明らかにしていたが。指紋から、男はドミトリー・スルチェク、一九八〇年ベラルーシのミンスク生まれと確認された。スルチェクは窃盗と暴行によりロシアのふたつの刑務所で服役していた。インターポールのファイルでは、スルチェクを二〇〇八年まで追っていた。その年、彼はアメリカ合衆国に不法入国し、一度も帰国していなかった。ファイルによれば、その当時、スルチェクは、ロシアの**ブラトヴァ**――兄弟の間柄を意味し、ロシアの犯罪組織すべてを包括する一般語――のミンスクを拠点とした支部と関係がある〝シックス〟であったとみなされていた。報告書では、〝シックス〟は、犯罪組織の最前線で利用されている下層の準構成員を指すという。その名前は、ロシアのカードゲーム〈ザ・シックス〉と呼ばれているもののなかで、一番ランクの低いカードが六であることから来ている。シックスは、荒事担当として使われることがままあり、リーダーシップや技能を発揮して、**ブラトーク**、つまり兵士の立場に昇進するまでそう呼ばれるのだった。

いったんスルチェクが合衆国に入ると、リーダーシップと技能を発揮しだし、カリフォルニアの活動でサントスを排除するまで偉くなったようにボッシュには思えた。もしソルトン湖からけさ引き上げられた男の身元が確認された場合、彼もまたスルチェクと似たような経歴を持っているだろう、とボッシュは推測した。

報告書では、スルチェクがブラトヴァとまだ関わりを持っている可能性がきわめて高く、カリフォルニア州の活動から出た利益を、オレグ・ノヴァスチェンコとして知られているミンスクの**パカーン**、つまり、組織のボスに送っていると締めくくっていた。

　ボッシュはファイルを閉じ、一連の出来事について思いを巡らした。そのなかで、エスキベル親子が彼らの職場で処刑され、エリザベス・クレイトンのような人々が文字どおり砂漠で奴隷にされていた。その種は強欲と暴力を恣《ほしいまま》にする正体不明の男たちによって何千キロも彼方でまかれたのだ。ノヴァスチェンコや、彼とスルチェクのあいだにいる男たちのような人間は、けっして当地で彼らの犯罪の報いを受けず、彼らの活動は、いまは下火になったが、ほかのシックスたちがまえに進みでてそのリーダーシップを発揮するようになれば別の場所でまた盛んになってくるだろう、とボッシュはわかっていた。ホセ・エスキベル・ジュニアと彼の父親に銃弾を叩きこんだ男たちは死んだが、果たされた正義は小さなものだった。ボッシュは事件の早期解決を褒め称えるための記者会見に参加する気にはなれなかった。事件のなかにはけっして解決しないものもある。

　ボッシュはファイルを椅子のうしろにある棚に片づけた。そこには力の限りできるところまで捜査をおこなったと信じている事件を置いていた。

　ボッシュは机に向き直り、コンピュータでの作業に入り、ダイナ・スカイラーの所在を突き止めようとした。自身の捜査を進めるため市警のコンピュータを利用するのは、最初、サンフェルナンドで働くようになったときには禁じられていた。だが、いったん事件解決に目覚ましい成績をあげると、そのルールは、ウインクとうなずきで扱われるようになった。バルデスとトレヴィーノはボッシュをハッピーな気分にさせ、可能なかぎり勤務させたがっていた。

捜索は長くはかからなかった。ダイナはまだ生きており、まだLAにいた。彼女は結婚しており、ラストネームはいまではルソーだった。現在の運転免許証に登録されている住所は、サンセット・ストリップの北にあるクイーンズ・ロードになっていた。

ボッシュは出かけて、ダイナの家のドアをノックしようと決めた。

第三部　審問参加

36

ボッシュは水曜日の朝八時十五分までにユニオン駅に着いた。駅正面にある短時間駐車場に車を停め、駅のなかに入って、娘を待った。娘の乗った列車は予定より十分しか遅れなかった。広大な中央待合エリアで落ち合ったとき、娘は荷物を持っておらず、一冊の本を携えていただけだった。法廷での審問が終わったらサンディエゴに戻る列車に乗るつもりだ、と娘は説明した――ボッシュがいてもらいたいと思わないかぎり。ふたりは駅でクレープを――娘の選択で――朝食として食べてから、アラメダ・ストリートを横断し、エル・プエブロ・デ・ロス・アンヘレス歴史モニュメントのそばにある広場を通り抜けてシヴィック・センターに入った。そこでは、モノリスのような刑事裁判所ビルが、高台の上に墓石のように佇立《ちょりつ》していた。

ふたりはメイン・エントランスで別れた。ボッシュは武器を携行しているため、法執行機関職員用通用路を通ることができた。バッジを見せ、マディより十分は確実に先になかに入った。マディは長い列を作っている一般入り口の金属探知機を通って、じりじりと進まねばならなかった。それで失った時間を職員専用エレベーターに乗ることで補い、九階まで上ると、ふたりは第一〇七号法廷にたどり着いた。廊下の突き当たりにある法廷で、ジョン・ホートン判事が法廷の主だった。

プレストン・ボーダーズ事件は午前十時まで呼ばれない予定になっていたが、ミッキー・ハラーはボッシュに、最後の詰めと作戦打ち合わせができるよう、早めに来てくれと頼んでいた。ボッシュは、チームのなかで最初に到着した人間のようだった。ボッシュは娘といっしょに傍聴席のうしろの列に座り、手続きを見つめた。銀髪をクシャクシャにしたベテラン法律家であるホートンが法壇にいて、訴訟事件一覧表にあるほかの事件の審理日程決定請求をこなし、最新情報を聞いて、さらなる審問の予定を定めていた。とても多くの地元報道番組局がタイムズの記事の後追いで、審問の傍聴許可を求めたため、ホートンはランダムに選ばれた報道関係者が審問を記録し、ほかの連中とビデオ映像をわかちあうよう定めた、とボッシュはハラーから聞いていた。

「あの男はここに来るの？」マディが声を潜めて訊いた。

「だれのことだ？」ボッシュは訊いた。

「プレストン・ボーダーズ」

「ああ、ここに来るだろう」

ボッシュは法廷の保安官補が座っている机の背後にある金属製の扉を指さした。

「おそらくボーダーズはいまあそこの待機房に入れられている」

ボッシュは娘の最初の質問で、彼女がボーダーズに魅力を感じているかもしれないと気づいた。死刑囚房に囚われの身となっている殺人者に。娘が来ることを認めたのをボッシュはいまさらながら悔やんだ。

ボッシュは周囲を見まわした。ホートンはボーダーズ事件の元の判事ではなかったが、第一〇七号法廷は元の法廷であり、三十年という歳月を閲《けみ》しても中身が新しくなっているようにはボッシュには思えなかった。一九六〇年代のコンテンポラリー・デザインで設計されていた。この郡の法廷の大半がそうであるように。明るい色の木製パネルが壁を覆っており、判事の法壇や証言席、書記官席は、人造材による、いずれも直線のモジュールで構成されていた。カリフォルニア州の州章が、判事の頭から一メートルほど上の法廷正面の壁に取り付けられていた。

法廷は涼しかったが、ボッシュはスーツの襟の下で暑さを感じていた。落ち着いて、審問の用意を整えようとしていたが、実際には、無力感を覚えていた。自分のキャリアと信望は、そもそもミッキー・ハラーの手中にあり、その命運はこれからの数時間で決定してしまう可能性があった。異母弟を信頼してはいるものの、責任を他人に委ねることで、ボッシュは涼しい部屋で汗をかいていた。

最初に法廷にやってきたなじみのある顔はシスコ・ヴォイチェホフスキーのそれだった。ボッシュと娘はベンチの上で横にずれ、大男が腰を下ろした。シスコはボッシュがかつて見たことがあるような服装をしていた。清潔な黒いジーンズとそれに色を合わせたブーツ。襟付きのワイシャツの裾を外に出しており、銀糸で渦を描く刺繍がほどこされた黒いベストを着ていた。ボッシュは娘を紹介した。そのあと、マディは読書に戻った。B・J・ノヴァクという名の作家が書いたエッセイ集だ。

「どんな気分だ？」シスコが訊いた。

「とにかく、あと数時間で終わる」ボッシュは言った。「エリザベスの状態はどうだ？」

「きつい夜を過ごしたが、あそこで耐えているよ。うちの人間のひとりに見張らせている。もしできるなら、立ち寄って、会ってくれればいい。彼女を励ますんだ。役に立つかもしれん」

「わかった。だが、きのうおれがあそこにいたとき、彼女はおれの頭をドア破り装置《バッテリング・ラム》にしてドアに叩きつけたそうな様子だった」

「最初の週に大きな変化を潜り抜けるんだ。きょうは変わっているだろう。もうすぐ頂点に達すると思う。上り坂の闘いだが、突然山の反対側に下っていると思える地点ができるんだ」

ボッシュはうなずいた。

「問題は、週末にどうするんだということだ」シスコは言った。「たんに彼女を解放し、どこかに放りだすのか？　彼女には長期の計画が必要だし、それがないとうまくやれないぞ」

「おれに考えがある」ボッシュは言った。「きみはただ今週を乗り切らせてやってくれ。そこからはおれが引き受ける」

「ほんとか？」

「ほんとだ」

「娘に関してなにか見つけたのか？　彼女はまだその話をしたがらない」

「ああ、見つけた。デイジーだ。彼女は家出人だった。中学生のときドラッグに溺れ、家を逃げだした。ハリウッドの路上で暮らし、ある晩、悪いやつが運転しているまちがった車に乗ってしまった」

「クソ」

「彼女は……」

ボッシュは左手を下に伸ばして右のズボンの折り返しを整えようとしているかのように何気なさを装って体をひねった。娘に背を向けた格好で、ボッシュは先をつづけた。

「拷問された——上品な言い方をすれば——そしてカーウェンガの外れの路地の大型ゴミ容器に捨てられた」

シスコは首を横に振った。

「だれにでも理由があるとは思っていたが……」

「そうだな」

「少なくともそのクソ野郎は捕まったんだろうな？」

「いや。まだ捕まっていない」

シスコはおもしろさの欠片もない笑い声を上げた。

「まだだと？」シスコは言った。「十年後に解決するだろうとでも言うようにか？」

ボッシュは返事をせずに長いあいだシスコを見た。

「解決するかどうか、だれにもわからないさ」ボッシュは言った。

そこへハラーが法廷に入ってきて、自分の調査員と依頼人がいっしょに座っているのを見て、外の廊下のほうを指し示した。ハラーはマディに気づいていなかった。ふたりの大柄な男が戸口の角度からだとマディを隠していたので。

ボッシュはこの場にいるようにとマディに囁き、立ち上がりかけた。マディはボッシュの腕に手を置いて、止めた。

「いま話していたのはだれのこと？」

「あー、事件がらみの女性だ。彼女は助けを必要としており、シスコに関わってくれるよう頼んだんだ」

「どんな種類の助け？　デイジーってだれ？」

「それについてはあとで話せる。いまはあっちへいって、おれの——おまえのおじさんと、審問の打ち合わせをしないといけないんだ。ここにいてくれ。すぐ戻る」

ボッシュは立ち上がり、シスコのあとにつづいた。長い廊下にいるたいていの人間はスナック・バーや休憩室、エレベーターの近くである真ん中あたりにたむろしていた。

チーム・ボッシュは、第一〇七号法廷の扉のそばに若干のプライバシーを保てる無人のベンチを見つけて、そこに腰を下ろした。ハラーが中央に座る。

「オーケイ、諸君、ロックする用意はできているか？」弁護士は言った。「証人の様子はどうだ？　どこに証人はいる？」

「臨戦態勢にある、と思う」シスコが言った。

「スペンサーについて話してくれ」ハラーは言った。「おまえたちはあいつに付き添っていた、そうだな？」

「一晩じゅうだ」シスコが言った。「二十分まえの時点では、ブラッドベリ・ビルにオフィスがある新しい弁護士といっしょにいた」

それはスペンサーがたった二ブロック先にいるという意味だとボッシュにはわかった。ハラーはベンチの上で体をひねり、ボッシュと目と目を合わせた。

「それから、あんただ、おれは少し眠れと言ったよな」ハラーは言った。「だけど、あいかわらずひどい顔色だ。そのスーツの肩に埃が積もってるじゃないか、ったく」

ハラーは手を伸ばし、ボッシュのクローゼットのハンガーに二年かそれ以上吊されているあいだにスーツに積もった埃を手荒く払った。

「わざわざ念押しするまでもないが、おそらくすべてはあんたにかかってくるんだぞ」ハラーは言った。「抜け目なくいろ。ズバリと言え。あいつらはあんたにとって大切なあらゆるものを台無しにしようとしているんだ」

「それはわかっている」ボッシュは言った。

キューが出されたかのように、ＣＩＵチームが階段を下って、ホールにやってきた。地区検事局から階段を一歩一歩降りてくる。ケネディとソトとタプスコットだった。三人は第一〇七号法廷に向かった。もうひとりの女性が、両手で段ボール製のファイル箱を抱えてあとにつづいた。彼女はたぶんケネディのアシスタントだった。

同時に彼らのずっとうしろ、エレベーター・アルコーブのほうからやってきたのがクローニンとクローニンだった。ランス・クローニンは、メタルフレームの眼鏡をかけ、明らかに染めている漆黒の髪をオールバックにしていた。彼のスーツは黒いピンストライプで、ネクタイは派手なアクア色だった。若く見せるために労を惜しまないようで、その原因はランスの隣にいて、彼は精一杯虚勢を張っていた。キャサリン・クローニンは、少なくとも二十歳はランスより若かった。赤い髪を流しており、ふくらはぎまでの長さの青いスカートを穿き、同系色のジャケットをシフォンのブラウスの上に羽織っていて、艶めかしい姿をしていた。

「さあ、連中がやってきた」ボッシュが言った。

ハラーは目を通していた黄色い法律用箋から顔を起こし、対立相手が近づいてくるのを見た。

「潰されにいく羊のようだな」ハラーの声は強がりと自信に溢れていた。

チーム・ボッシュは、座ったままでいたが、ほかの面々は法廷の扉に向かって向きを変えた。ケネディは目を逸らしたままだった。まるで五メートル先にあるベンチにだれも座っていないかのようにふるまっている。だが、ソトはボッシュと目を合わせると、チームから離れてボッシュに近づいた。ハラーとヴォイチェホフスキーのまえで話すことにソトは躊躇しなかった。

「ハリー、どうして電話を返してくれなかったの？」ソトは訊いた。「何本も伝言を残したのに」

「なぜならなにも言うことがないからだ、ルシア」ボッシュは言った。「きみたちはおれよりボーダーズを信じた。ほかになにも言うことはない」

「わたしは法科学の証拠を信じているの、ハリー。あなたがほかの証拠を仕込んだと信じているという意味じゃないわ。新聞記事のあの情報はわたしから出たんじゃない」

「じゃあ、おれがあそこで見つけた証拠はどういうわけであそこにあったんだ、ルシア？　どうしてダニ・スカイラーのペンダントが容疑者のアパートに入りこんだんだ？」

「わからない。だけど、そこにいたのはあなただけじゃなかった」

「では、きみはまだ責任を死んだ人間になすりつけようとしているんだ」

「そうは言ってない。わたしが言ってるのは、それの答えを知る必要がないということ」

ボッシュは立ち上がり、ソトと顔を突き合わせて話せるようにした。

「ああ、だけど、いいか、その論法はおれには通用しないんだ、ルシア。きみはほかの証拠がアパートに仕込まれたと信じないことには法科学の証拠を信じられない。だからこそおれはきみに電話を返さなかった」

ソトは悲しげに首を振り、背を向けた。タプスコットが彼女のため法廷の扉をあけささえていた。ソトが横を通り過ぎると、タプスコットはボッシュをジロジロと見た。ボッシュはふたりの背後で扉が音もなく閉まるのを見ていた。

「あれを見ろ」ハラーが言った。

ボッシュがホールの先を見たところ、ふたりの女性が近づいてくるのが見えた。ふたりとも夜のクラブ通いにふさわしい格好をしていた。太ももの途中まで切りこみの入った黒いスカートと、模様入りの黒いストッキング。片方には骸骨が描かれ、もう片方には磔刑像《たっけいぞう》が描かれていた。

「グルーピーだ」シスコが言った。「もしきょうボーダーズがここから歩いて出ていくことになれば、これから一年間毎晩さまざまな女とやることになるだろうな」

最初のふたりにつづいて、さらに三人やってきた。同様の服装で、最大限までタトゥを入れピアスをつけていた。そのあと、エレベーターのアルコーブから、法廷にふさわしい淡い黄色のワンピースを着た女性がやってきた。彼女はブロンドの髪をうしろで束ね、三十年まえのはじめての裁判以来ずっと裁判所に来たことがなかったことを示唆するおずおずとした態度で歩いてきた。

「あれがダイナか？」ハラーが訊いた。

「彼女だ」ボッシュが答える。

ボッシュが月曜日の夜に訪ねたとき、ダイナ・ルソーは美しく、彼女の姉が成長すればこうなったかもしれない、とボッシュは思った。ダイナは演技を諦め、撮影スタジオの幹部と結婚して、家庭を築いた。プレストン・ボーダーズが自分の姉の殺人犯であることに疑いを持ったことはなく、判事にそう伝えるのにためらいはしないし、精神的な支えとしてたんに法廷に姿を現すのも厭わないと答えてくれた。

ハラーとシスコがボッシュに加わり、近づいてくる彼女を立って迎え、ボッシュが彼女を紹介した。

「きょうここに快くおいでいただき、必要であれば証言いただけることに深く感謝しております」ハラーが言った。

「もしそうしなかったらとても生きていられなかったです」ダイナは言った。

「ボッシュ刑事があなたにお話ししたかどうかわからないんですが、ミズ・ルソー、ただ、ボーダーズがきょう法廷に姿を現す予定です。彼はこの審問のため、サンクエンティンから移送されてきています。それがあなたにふさわしくない精神的苦痛を与えることにならなければいいのですが」

「もちろんそうなるでしょう。ですが、ハリーからボーダーズがここに来るだろうという話は聞いておりますし、心構えはできています。わたしが必要になったらご指示下さい」

「シスコ、ミズ・ルソーを法廷にお連れして、いっしょに座ってくれ。まだあと数分ある。最後の証人を待つつもりだ」

シスコは指示どおりに行動し、ボッシュとハラーだけが廊下に立っていることになった。ボッシュは携帯電話を取りだし、時間を確認した。審問がはじまる予定時刻まであと十分あった。

「さあさあ、スペンサー、どこにいるんだ？」ハラーが言った。

ふたりとも長い廊下に目を向けた。開廷時刻が近づいていることから、審問や裁判の開始に合わせてそれぞれの法廷に向かっていくため、たむろしている人数が少なくなっていた。法廷の外のスペースを広く見通せるようになった。

五分が経過した。スペンサーの姿はない。

「オーケイ」ハラーは言った。「あいつは必要ない。あいつの不在をこちらの有利に働かせよう――あいつは法的に有効な召喚状に逆らった。なかに入り、はじめるとしよう」

ハラーは法廷の扉に向かい、ボッシュがあとにつづいたが、最後にエレベーターのアルコーブのほうをちらっと見てから、法廷のなかに入った。

数多くの記者たちが法廷に入りこんでいて、傍聴席の前列にいるのをボッシュは見た。シスコとダイナが最後の列に、娘の隣に座っているのも見た。ダイナは法廷の正面に目を向けていた。恐怖が大きくなっているのが顔に浮かんでいる。ボッシュはダイナの視線の先をたどり、プレストン・ボーダーズが裁判所の拘禁設備とつながっている金属扉から法廷に連れだされているのを見た。

法廷の保安官補がボーダーズの両側と背後に控えていた。ボーダーズは弁護側テーブルに向かってゆっくりと歩いていた。足と手首に枷をはめられており、重たいチェーンが足と足をつなぎ、縛《いまし》めを結びつけていた。オレンジ色の囚人服を着ていた――監獄のVIPに与えられる色だ。

ボッシュは三十年近く直にボーダーズを見ていなかった。当時、ボーダーズは浅黒い肌と一九八〇年代の俳優の髪型をした若者だった――ボリュームがあって、フサフサして、ウエーブを描いている髪型。いまは、背中が曲がり、髪の毛は白髪になって薄かった。週に一時間しか日を浴びていないせいで、おなじようにしらっちゃけたパサパサの皮膚をしていた。

だが、ボーダーズはサイコパス特有の冷酷な死んだような目をあいかわらずしていた。入ってくると、ボーダーズは法廷の傍聴席に目を走らせ、目を合わせたがっているグルーピーたちを見て笑みを浮かべた。グルーピーたちは中央の列に立っており、上下にはずんで、嬌声を上げるのを懸命にこらえようとしていた。

するとボーダーズの目がグルーピーたちを越えて、法廷の奥にハラーとともに立っているボッシュを見つけた。その目は暗く、落ちくぼんでおり、夜に路地で焚かれるゴミ箱のなかの火のように光った。

憎しみで光っていた。

37

ボーダーズが弁護側テーブルのランス・クローニンとキャサリン・クローニンのあいだに着席すると、廷吏がホートン判事に声をかけ、判事が判事室から出てきて、法壇についた。判事は法廷に目を走らせ、前方の検察側弁護側両方のテーブルにいる面々だけでなく、傍聴席の面々にも目を向けた。彼の視線は、見知った顔であるハラーに止まった。そののち、仕事に取りかかった。

「予定表の次の件、カリフォルニア州対ボーダーズ、人身保護令状案件にして、証拠審問を求める審理無効の申し立て」ホートンは言った。「手続きを進めるまえに、本法廷は、つねに慎みある行動をとるルールの遵守を期待しています。傍聴席からのいかなる不規則発言も、違反した当事者の迅速なる排除によって処理されるのでそのつもりでいるように」

話しながらホートンはボーダーズを見にきた若い女性たちのグループをまっすぐ見

つめた。そののち、目のまえにある仕事をつづけた。

「また、ハラー弁護士から金曜日に提出された申し立てもあります、ハラー弁護士は法廷の奥にいるね。こちらにお越しを、ハラー弁護士。きみの依頼人は傍聴席に座ってかまわない」

ボッシュがシスコの隣の席に滑りこむと、彼の弁護士は法廷の窪地に向かって中央通路を進みはじめた。ハラーが傍聴席との仕切りにあるゲートにたどり着かぬうちに、ケネディが立ち上がり、ハラーの申し立てに専門用語で異議を唱えた。ケネディは、申し立てはゲームに参加するには遅すぎ、メリットがないと主張した。ランス・クローニンが立ち上がり、ケネディの主張に支持を表明し、ハラーの申し立てへの自身の主張を付け足した。

「閣下、これはハラー弁護士による、マスコミ受けを狙った馬鹿げた行為にすぎません」クローニンは言った。「ケネディ検事補が適切に表現されたように、メリットがありません。ハラー弁護士はたんにわたしの依頼人をだしにして無料の宣伝を模索しているだけです。わたしの依頼人はこの日を三十年間苦しみつつ待ちつづけておりました」

ハラーはゲートを押しあけ、法廷の両方のテーブルのあいだにある発言台に移動した。

「ハラー弁護士、いまの意見に対する反論があると思うが」ホートン判事は言った。

「ええ、もちろん、あります、閣下」ハラーは言った。「記録に留めるため申し上げますが、わたしはマイクル・ハラー、本件に関してヒエロニムス・ボッシュ刑事の代理人をしております。おそれながら申し上げますが、わたしの依頼人は、二十九年ほどまえにボーダーズ氏の有罪を証明するために用いられた物証をボッシュ氏がでっちあげたと主張する、クローニン弁護士によって提出され、地区検事局の支持を受けた人身保護令状の申し立て、すなわち違法な拘束を受けている疑いのある人物を出廷させ、違法との判断が下れば、ただちに当該人物の拘束が解かれるという申し立ての存在を知りました。どういうわけか、ボッシュ氏はこの審問に召喚されておらず、あるいはこれらの主張への回答をおこなうためのほかの方法での出席も求められておりません。ここにわたしは記録のため申し上げますが、これらの事実無根の主張は、ロサンジェルス・タイムズに伝えられ、事実として報道されました。その結果、ボッシュ氏の職業人としての評判と個人的な信望だけでなく氏の生計にも取り返しのつかない被害をもたらしました」

「ハラー弁護士、われわれには丸一日時間があるわけではない」ホートンが言った。

「きみの主張を述べたまえ」

「もちろんです、閣下。わたしの依頼人は、その高潔さと名声と評判を毀損するすべての申し立てをきっぱり否定するものです。今回の問題の解決に関係し、決め手となる証言と証拠を提示したいと氏は考えております。端的に言って、この一件は、ペテンなのです、閣下。もし機会を与えていただければ、われわれはそれを証明できます。それゆえ、わたしはわたしの依頼人のために、この審問への参加許可を求める申し立てをおこなうと同時に氏に対するすべての主張に抗弁できるよう申請した次第です。わたしは全関係者に正式な通告をおこないました。その送付が先ほど申し上げたボッシュ氏の法執行コミュニティにおける名声と立場を中傷した新聞記事を生んだ可能性がきわめて高いと思われます」

「閣下！」ケネディが声を張り上げた。「検察は、ハラー弁護士による悪意のある主張に異議を唱えます。新聞記事の情報源は、断じてわたしのオフィスあるいは捜査チームではありません。われわれは本件において可能なかぎりボッシュ氏に影響を与えないよう慎重に対処すべく捜査を進めて参ったのです。新聞記事はほかのどこから出たものであり、検察はハラー氏に制裁を求めるものです」

「閣下」ハラーは落ち着いた声で言った。「わたしは進んで裁判所書記官記録を開示しますし、依頼人も進んで電話利用記録を開示します。その両方とも、わたしが金曜日に申し立てを提出して二時間以内に、ロサンジェルス・タイムズの記者がボッシュ氏に電話をかけてきて、コメントを求めたことを明らかにするでしょう。わたしの申し立ては、封印の下、提出されたものであり、それゆえ、ここにいまいるボッシュ氏と対立する関係者にのみ複写が送られたのです。ご自分で結論を導いていただけるものと考えます、判事。わたしは自分の結論を導きました」

ホートンは背もたれの高い革の椅子を少しのあいだ左右に回転させてから、答えた。

「もう充分バットは振るったね」ホートンは言った。「制裁はない。本件を進めよう。ハラー弁護士、ケネディ検察官とクローニン弁護士は、ふたりとも、本件に関するきみの依頼人の当事者適格に異議を唱えた。それに対して、きみはどう答えるのかね？」

ハラーは強調のため発言台を拳で叩いてから、ふたたび反撃に取りかかった。

「どう答えろと？」ハラーは問い返した。「信じられません、閣下。日曜の新聞記事はわたしの依頼人を泥に引きずりこみました。記事は明らかに依頼人が証拠を捏造して、ひとりの男性を死刑囚房に送りこんだとほのめかしていました。そしていまここにわれわれはいますが、ボッシュ氏はパーティーに招待されておりません。新聞記事および州の申し立てに含まれている主張がわたしの依頼人の評判と名声という点において財産権に関わっているとするなら、依頼人は参加し、それらの権利を守る当事者適格性を有しているとわたしは信じます。もしそれが正当な手段でないならば、わたしは代替案を提案致します。すなわち、氏が法的助言者と見なされ、法廷が念入りに検討しなければならない問題に関して、証言し、証拠を提出するのを認められるというものです」

ホートンはケネディとクローニンからの反応を求めたが、タイムズの記事が出てしまい、地区検事局はもともとの申し立てで非公開を求めなかったせいで、名声と信望が疑問視されたあとで法廷での発言権を与えないのは難しいと判事が考えているのは、ボッシュには明白だった。判事の言葉と態度をボッシュとおなじように読み取ったケネディはいらだった。

「閣下、検察は新聞の記事に責任を持てません」ケネディは言った。「わたしは――われわれは――記事の情報源ではないのです。われわれの申し立てを非公開にするよう求めなかったというミスをわれわれが犯したとしたら、いいでしょう、それはわれわれの責任です。ですが、ボッシュの審問参加を認可するほど大きな違反でないのは明らかです。この法廷には死刑囚房に一万日以上――はい、わたしは計算しました――いた人物が座っており、その不正義を正すのを本日優先するのが法の番人としてのわれわれの義務なのです」

「まさにそこです、もしこれが不正義であるならです」すばやくハラーが言った。「われわれが提出を求めている証拠は、異なる物語を語るのです、閣下。狡猾な人間によって実行され、市民だけでなく、ケネディ検察官と彼の検事局に対して犯されたペテンの物語です」

「わたしはこれから十分間、刑法典を参照し、そのあとで再開する」ホートンは言った。「だれもあまり遠くにいってはならない。いまから十分だ」

判事は立ち上がり、すばやく法壇を去り、書記官席の背後にある廊下に姿を消した。その先は判事室だった。ボッシュはホートンのそういうところを気に入っていた。過去にこの判事と裁判をいっしょにする機会が何度もあり、法廷の審判者として彼がとても自信たっぷりなのを知っていた。だが、制定された法律のすべてのニュアンスを心得ていると思いこむほどうぬぼれてはいなかった。裁定を下す際に、法律のしっかりした裏付けがあるようすばやくタイムアウトを取って、刑法典を調べるのを厭わなかった。

ハラーが振り返ってボッシュを見た。法廷のうしろにある扉を指し示し、ボッシュはハラーがスペンサーをまだ気にしているのがわかった。

判事の裁定がボッシュに有利に働くとハラーが確信しているのを示してもいた。

ボッシュは立ち上がり、法廷を出て、スペンサーが来たかどうかを確認した。廊下は事実上無人であり、スペンサーのいる気配はなかった。

ボッシュは法廷に戻った。扉の音にハラーは気づき、ボッシュは首を横に振った。

判事は一分早く法壇に戻り、さらなる議論を求めるケネディの要請をすぐさま却下した。そして裁定手続きへと進んだ。

「人身保護令状の手続きを司る法と規則は刑法典の範囲内ではあるが、そのような申し立てが民事訴訟の性質内に留まるのは自明である。それゆえ、民法の下、審問参加人は適当であると思われる。ボッシュ刑事の名声と信望に関する財産権は、氏に保障され、保護されるのが認められている利益であり、すなわち、本法廷の見解と研究では、現関係者たちによって保護されていない。それゆえ、審問参加の許可を求める申し立てをここに認める」

ケネディは、不可解にも最後の異議を唱えたあとでも立ったままでいたが、ふたたび異議を唱えてすぐに却下された。

「閣下、これは不公正です」ケネディは言った。「われわれは証人の用意をしていません。検察は、証言録取書を作成し、審問の準備をするために三十日以上の延期を要求します」

クローニンも同様に立ち上がった。ボッシュは、クローニンが、いかなる延期にも反対するのを期待していたが、そうはせず、ケネディの要求を支持した。ケネディが顔をしかめたのを見た気がした。検察官が自分はどういうわけかクローニンあるいはボーダーズあるいはその両方に操られていたのを知ったのが、おそらくその瞬間だったろう。

「ケネディ検察官がさきほど触れられた一万日はどこへいったのかね？」ホートンが言った。「偽の正義だろうか？　さて、あなたは無実の罪を晴らすと申し立てた対象の人物をさらに三十日間、死刑囚房に戻したいというのかね？　われわれはみな、法廷の審理予定表によってここに来ている以上、三十日の延期はありえないことを知っている。本件を三十日間延期すれば、それが九十日に延びるかもしれない。なぜならわたしの予定表はそんな先まで決まっているのだから。この手続きを遅らせる理由をわたしは見いだせない、諸君」

ホートンはまた椅子を回転させ、法壇からボーダーズを見下ろした。

「ボーダーズさん、あなたは代理人たちがこれを調べているあいだもう三ヵ月サンクエンティンに戻りたいかね？」

長い間があってからボーダーズは返事をし、ボッシュはその一秒一秒を味わった。ボーダーズには最適な回答などなかった。延期を認めるのは、彼の弁護士がいましてしまったように、なにかまずいことがあるのを明らかにしてしまうだろう。自分の弁護士の延期希望を受け入れないと言えば、ハラーによって証人が証言席に呼ばれ、このペテンのすべてを暴露されてしまう危険を冒すことになろう。

「おれはちゃんとしてもらいたいだけさ」ようやくボーダーズは言った。「おれはあそこに長いこと入っていた。もしちゃんとされるんだったら、あと少し時間がかかっても問題にならないと思う」

「それがまさに本法廷がここでやろうとしていることだ」ホートンが言った。「ちゃんとするのを」

ボッシュは周辺視野で動きを捉え、振り返って法廷の扉があきかけているのを見た。弁護士と思しきスーツ姿の男性が入ってきて、そのあとからテリー・スペンサーがやってきた。

ふたりはなかに入ると、法廷を見渡した。扉が閉まる柔らかな音に室内のほかの人々の目が彼らに向けられた。ボッシュは振り返って、ハラーが証人到着を目にしたのを確認した。そののち、弁護側テーブルの面々を見た。ボーダーズはこの新たに到着した者たちに最小限の関心しか示さなかった。彼がスペンサーの見た目を知らなかったからだ。だが、クローニン弁護チームの反応は、明白だった。ランス・クローニンは唇を結んで、まばたきをした。あと三手で負けることがわかっているチェス・プレイヤーのような顔つきだった。キャサリン・クローニンの反応は、驚いたなんてものではなかった。まるで幽霊を見たかのような表情を浮かべていた。あごをだらんと下げ、法廷のうしろに立っている男から夫に視線を移した。夫君は依頼人をはさんで反対側に座っていた。ボッシュはふたりの顔に恐怖を読み取った。

ボッシュの目は傍聴席のベンチの列を探り、ルシア・ソトを捜した。ソトは傍聴席最前列の保安官補の座っている机の隣にいた。ソトがスペンサーに見覚えがあるのは明らかだったが、彼女はけげんな表情を浮かべていた。なぜ証拠品保管部門の人間が法廷にいるのかわかっていない様子だった。

「本法廷に提案を差し上げてよろしいでしょうか？」

その言葉はハラーから発せられ、一同はスペンサーから関心を逸らした。

「どうぞ、ハラー弁護士」ホートンが答えた。

「もし万一代理人と依頼人たちがカメラに映ったままこの審問をつづけるのであるなら」ハラーは言った。「ケネディ検察官とクローニン弁護士に、わたしが召喚しようとしている証人と、わたしが提出しようと計画している書類とビデオ映像に関して、判事室での口頭提供、すなわち口頭による内容説明の提供をしてもかまいません。そうすれば、延期をするべきかどうかに関してよりよい情報を彼らは得られるでしょう。判事室へ移動しての口頭提供をお願いする理由は、もしわたしの申し出が百パーセント正確でない場合にマスコミから守られていたいからです」

「それにはどれくらいかかるのかね、ハラー弁護士？」判事は訊いた。

「手早くすませます。十五分かそれ以下でできると思います」

「そのアイデアは気に入った、ハラー弁護士。だが、ひとつ問題がある。代理人と依頼人、それに加えてケネディ検察官と彼の調査官たちを収められるほど判事室にはスペースがあるとは思えない。加えて、ボーダーズ氏に関する保安上の問題もある。裁判所の保安官助手たちが彼を建物のなかで移動させるのを望まないと思う。だから、こうしよう、この法廷のカメラを切って話し合いをしよう。証人やマスコミ関係者、それ以外の傍聴人も全員、十五分間出ていってもらう。そうすれば、きみの口頭提供を聞けるだろう、ハラー弁護士」

「ありがとうございます、閣下」

「共同カメラは置いたままにできるが、スイッチを切っておく必要がある。ガルザ保安官補、追加の保安官補を呼びだして、われわれが一般の人たちをなかに戻す用意が整うまで扉の外の廊下に立たせてもらいたい」

何人もの人々がいっせいに立ち上がり、法廷を出ていったため、小さな騒ぎが起こった。ボッシュは最初じっと座って、ハラーの天才的手法にひたすら感心していた。

これから示され、証言されるであろう内容の要約がハラーから判事に伝えられているせいで、宣誓はおこなわれず、それゆえに誇張や事実ではない発言があったとしても後々公表されることはないと思われていた。

ハラーはこれからボッシュの件に対する論証を自由にできるようになりつつあり、ケネディとクローニン夫妻がそれに対して打つ手はなにもなかった。

38

ハラーはボッシュにまえに来るよう合図した。ボッシュはゲートを通り、手すりを背中にする席についた。まわりを見て、クローニンとクローニンのあいだに手枷足枷付きで座っているボーダーズから二メートルも離れていないのを把握する。ふたりの保安官補がボーダーズのまうしろで椅子に座っていた。

ボッシュは法廷のうしろに目をやり、扉のところで人が渋滞しながら、出ていくのを見た。娘が列の最後におり、振り返ってボッシュを見た。彼女は自信のうなずきをボッシュに示し、ボッシュはおなじうなずきを返した。娘が戸口から出ていくと、ボッシュは関心をボーダーズに戻した。ボッシュは低く口笛を吹き、ボーダーズの耳を捉えた。オレンジ色の囚人服を着た男は振り向き、まっすぐボッシュを見た。

ボッシュはウインクをした。

ボーダーズは顔を背けた。ハラーが近づいてきて、ボッシュの視界を遮った。

「あいつのことは気にするな」ハラーは言った。「重要なことに集中してくれ」

ハラーはボッシュの隣の空いた席に座り、体を寄せてきて囁《ささや》いた。

「あんたを記録に載せるつもりだ」ハラーは言った。「口頭提供はない。あんただ。だから、忘れるな、率直に、憤慨したふりをしてくれ」

「言っただろ、問題ない、と」ボッシュは言った。

ハラーは法廷の出入り口にある時計を振り返って確認した。

「スペンサーかデイリーのどちらかと、ふたりが出ていくまえに話したか？」

「いや。デイリーというのは、弁護士か？」

「そうだ、ダン・デイリー。普通は連邦裁判を専門にしているんだ。きょうは彼にとって大当たりの日になるにちがいない。あるいは、以前からスペンサーを知っていたのかもしれない。シスコに任せよう」

ハラーは携帯電話を取りだし、調査員宛のショートメッセージを入力しはじめた。シスコは判事に法廷から退席するよう求められた人々のなかに入っていた。ボッシュは携帯画面が見やすい角度になるよう立ち上がった。ハラーはシスコに、スペンサーが証言するつもりになっている内容をデイリーが明かすかどうか確かめさせようとしていた。シスコにメッセージを返信するように伝える。そのメッセージを送り終えるのと同時にホートンは法廷内の人々に静粛に戻るよう命じた。

「さて、ここから記録を取るが、これは関係当事者による事案検討会議である。正規審問の記録の一部ではない。ここで発言された内容は法廷の外に出ないものとする。ハラー弁護士、きみの申し立てが認められた場合、証人と書類によってきみがなにをするつもりでいるのか、わたしたちに順を追って説明したまえ。それから簡潔にお願いする」

ハラーは立ち上がると発言台へ向かい、法律用箋を置いた。ボッシュにはその一番上のページがメモで覆われているのが見えた。そのいくつかは丸《まる》で囲まれ、矢印がほかの丸《まる》を指していた。それはボッシュに対しておこなわれた不正工作の図式だった。法律用箋の下には、判事のまえに置くつもりでいる書類が入っているファイルがあった。

「この機会をいただけて感謝致します、閣下」ハラーは話しはじめた。「後悔はさせません。クローニン弁護士とケネディ検察官のおっしゃることが正しいのであれば、ここに誤審が存在したことになります。たいていの人間が起こったと思っているものではなく」

「閣下?」ケネディが両方のてのひらをひらいて、なにが起こっているんだ、という仕草をした。

「ハラー弁護士」ホートンは言った。「左側の陪審席を見てもらえれば、そこが空だとおわかりだろう。簡潔にとわたしは言った。存在していない陪審に向かって意見を表明せよとは言わなかった」

「はい、閣下」ハラーは言った。「ありがとうございます。では、先に進めます。有罪整合性課が本件を引き受け、ダニエル・スカイラーの着衣に発見されたDNA証拠の法科学検証によれば、そのDNAは彼女の殺害犯とされたプレストン・ボーダーズのものではありませんでした。そうではなく、もう死亡している連続レイプ犯ルーカス・ジョン・オルマーのものでした」

「ハラー弁護士」ホートンがまた口をはさんだ。「きみは本法廷のまえで既知の事実を述べているだけだ。わたしはきみを審問参加人として本件に加わるのを認めた。審問参加には、なにか新しいものが必要だ。方向を変えるものが。それを持っているのかね、持っていないのかね？」

「持っております」ハラーは言った。

「では、それに取りかかってもらおう。本法廷がすでに知っていることを繰り返さないで」

「われわれが持っている新しいものとは、これです――ボッシュ刑事は、書類と誓約のうえの証言を通じて、ルーカス・ジョン・オルマーのＤＮＡは、ロス市警の資料保管課にある証拠保管箱に仕込まれたものであると証明できるのです。プレストン・ボーダーズを釈放し、冤罪に対する損害賠償金として数百万ドルを手に入れるため入念に企まれた計画の一部であることを」

ホートンは片手を上げ、ケネディが明白な異議を唱えるのを制した。

「だれによる計画かね、ハラー弁護士？」ホートンは訊ねた。「サンクエンティンの死刑囚房にいるプレストン・ボーダーズがそれを企んだと言うつもりかね？」

「いいえ、閣下」ハラーは言った。「プレストン・ボーダーズは計画を受け入れただけと言うつもりです。なぜなら、自由になるのに残された手立てはほかになかったからです。ですが、この計画はここロサンジェルスで、クローニン＆クローニン法律事務所によって企まれたのです」

ただちにランス・クローニンが立ち上がった。

「わたしはこの茶番に激しく異議を唱えます！」ランスは言った。「ハラー弁護士はかかる陰険な非難によってわたしの名声を失墜させようとしておられる。彼の依頼人が――」

「わかってる、クローニン弁護士」ホートンはそう言って、激昂するクローニンの言葉を遮った。「だが、われわれはここで非公開審議をしており、代理人から提供されるいかなる情報も一般の耳には届かないことを指摘しておく」

だが、そのあと判事はハラーに関心を移した。

「きみは非常に強力な非難をおこなっているぞ、ハラー弁護士」判事は言った。「実証して見せるか黙っているかのどちらかになる」

「実証してみせましょう」ハラーは言った。「いますぐ」

ハラーはボッシュが廊下でソトに話したように、本件の本質的な矛盾について簡潔に概要を述べた。もし証拠として見つかったDNAが本物ならば、プレストン・ボーダーズのアパートの捜索中に発見されたタツノオトシゴのペンダントは本物ではない。それはふたつにひとつの命題だった。

「われわれの立場は、あのタツノオトシゴのペンダントは、最初からずっと事件の真の証拠だったというものです」ハラーは言った。「仕込まれたのはルーカス・ジョン・オルマーのDNAなのです。そしてそれがどうして起こったのかを説明するまえに、本法廷にお願いしたいのですが、依頼人がその証拠捏造の件について話をするのを許していただきたい。依頼人は法執行機関で四十年以上勤務しており、いま危機に瀕しているのが彼の名声と信望なのです」

ケネディとクローニンがふたりとも立ち上がり、ボッシュが反対訊問抜きで証言するのを認めることに対して異議を唱えた。ホートンはすばやく決定を下した。

「この会議でそれを採用するつもりはない」判事は言った。「公開法廷に戻って、記録が再開されれば、本法廷はその提案を考慮に入れよう。しかしながら、こう申しておく。わたしが法壇を司る名誉を得ているあいだ、ボッシュ刑事はこの法廷に永年にわたって何度も出頭しており、彼の清廉潔白さはこれまで疑問視されることは一度もなかった」

ボッシュはうなずいて、判事からのそのわずかな支援表明に感謝の意を表した。

「先に進めたまえ、ハラー弁護士」ホートンは言った。

「では、進めます」ハラーはそう言って、発言台に置いたファイルをひらいた。「本法廷ならびにこの場におられるすべての当事者に知られているように、クローニン弁護士は十六ヵ月まえに死亡したときまでルーカス・ジョン・オルマーの投獄の原因になった事件で代理人を務めておりました。その事件の重要証拠は、オルマーと彼が容疑をかけられた連続婦女暴行事件とを結びつけるDNA証拠でした。わたしは本法廷に、民間セクターでの試験のため弁護側にDNA証拠をわけるよう検察官に要求する裁判所命令の写しを、その事件の記録のなかから提出致します」

ケネディが立ち上がって、異議を唱えた。

「閣下、オルマーのDNAがクローニンに渡され、彼がその一部を自分で隠して、死刑囚房の男を釈放する計画に後年使うつもりだったと弁護人が遠回しに言おうとしているのなら、それは馬鹿げた攻撃です。ハラー弁護士ははっきりご承知でしょうが、クローニン弁護士は、その証拠素材のそばには近寄れるはずがないのです。証拠保全プロトコルによって、厳重なラボからラボへの輸送が求められています。ハラー弁護士はいい加減な話をして、本法廷の時間を浪費しています」

ハラーは首を横に振り、笑みを浮かべてから、自己弁護をはじめた。

「いい加減な話ですか、閣下？　いまにだれがいい加減な話をしているのかわかります。わたしはオルマーの裁判のまえにラボからラボへの輸送でなにか不都合があったと言いだしているわけではありません。ですが、裁判でDNAについては一度も争われなかったのです。弁護側は性行為は合意の上であったと主張する方針を選んだので。DNAの合致は弁護側によって争われなかったのです。しかしながら、その証拠記録には、裁判後不備があったのです。ケネディ検察官の高く評価されておられるプロトコルによれば、民間ラボの分析で使われなかったすべての遺伝物質は、裁判後、ロス市警ラボの管理になるよう返却される手はずになっていました。ところが、いかなる遺伝物質も返却された記録がありません。なくなっていたんです、閣下。そして、最後にあったのがクローニン弁護士のために働いていたラボの手のなかでありました」

今度はクローニンが立ち上がって、抗議する番だった。

「馬鹿げています、判事。わたしはその物質を手にしたことは一度もなく、ラボがそれを返却したかどうかもわかるはずがありません。座してただこの手の非難を受けるわけには――」

「もう一度言うが、これは非公開会議だ」ホートンは言った。「ハラー弁護士、ほかになにかきみが持っているものはあるのかね？」

「本法廷に提出した書類がさらに二件あります」ハラーは言った。「最初の書類は、市検事補セシル・フレンチがプレストン・ボーダーズの被った損害を訴える告訴状を受理したことを証明する書状です。そのなかで、ボーダーズは、ロス市警の違法捜査によって殺人の冤罪で投獄されたと主張しています。この告訴状は、弁護士ランス・クローニンによって提出されたものです。被害総額は、まだゲームの初期段階で明かされることはけっしてないため記されていませんが、常識的には、市の職員によって殺人の罪を着せられ、三十年近く死刑囚房に送られた人間は、数百万ドルの損害賠償を求めるものと思われます」

　クローニンはまたしても立ち上がろうとしたが、ホートンは交通整理の警官のように片手を上げ、弁護士はゆっくりと席についた。ハラーはつづけた。

「加うるに」ハラーは言った。「ランス・クローニンが去年の一月からプレストン・ボーダーズのもとを定期的に訪れていたことを示すサンクエンティンの面会記録の写しがあります」

「彼はボーダーズの弁護人だよ」ホートンは言った。「弁護士が刑務所の依頼人を訪ねるのになにか悪意のあるものがあるだろうか、ハラー弁護士？」

「まったくありません、閣下。ですが、死刑囚房の被収容者を訪ねるためには、当人の正規登録弁護士でなければなりません。クローニン弁護士は、去年の一月にそれになりました。彼が有罪整合性課にレターを送る数ヵ月まえです。伝えられるところでは、オルマーの自白に関する良心の呵責を晴らすため、という理由で」

　ボッシュは笑みを浮かべそうになった。クローニンがボーダーズと結びつくようになったタイミングはなんの証明でもなかったが、明らかに共謀じみたものがあり、ハラーが判事をそこへ導いていく様子は完璧だった。ボッシュは自分の隣にある無人の椅子に腕を置き、さりげなく右側のソトとタプスコットを見た。

ふたりの刑事はハラーが繰り広げるストーリーを真剣に追っているようだった。

「加うるに」ハラーは言った。「もし審問参加人の申し立てが認められれば、ボッシュ刑事は、請願者の人身保護請求申し立ての鍵となる要素と矛盾する証言をする証人を紹介する用意を整えています。というのも、請願者は、自分の裁判担当弁護人であったデイヴィッド・シーゲル氏の名声を地に落とし、故シーゲル氏がボーダーズ氏の偽証をそそのかしたのだと主張しているのです。アパートで見つかった重要証拠――タツノオトシゴのペンダント――は、被害者のものではなく、サンタモニカ埠頭で購入した同一品であると証言するよう伝えたとして」

「そしてきみにはその証言と矛盾する証言をする証人がいるというのだね？」ホートンが言った。

「おります、閣下」ハラーは言った。「わたしにはデイヴィッド・シーゲル氏本人がおります。氏は自身の死亡報道をきっぱりと否定するだけでなく、一九八八年の裁判で依頼人に偽証を教唆したとする主張もきっぱりと否定するつもりでおります。ボーダーズ氏によってなされた証言全体が、被害者のジュエリーを所持していたいまいましい証拠を説明しようとして、ボーダーズ氏自身がでっちあげたものであると証言するつもりでおります」

ケネディとクローニンがふたりともすぐさま立ち上がったが、今度はクローニンのほうが先に口をひらいた。

「閣下、これは馬鹿げています」クローニンは言った。「たとえデイヴィッド・シーゲルが生きているのが証明されたとしても、彼の証言は弁護士依頼人間秘匿特権の破廉恥な侵害にあたり、とうてい認められるものではありません」

「判事、クローニン氏と異なる意見を述べさせて下さい」ハラーは言った。「弁護士依頼人間秘匿特権は、ボーダーズ氏が裁判戦略の内部事情を暴露し、自分の申し立てで、わたしの依頼人であるボッシュ刑事を中傷したのとおなじように、当時の担当弁護士の名声と信望を攻撃したときに完全に破壊されました。わたしは提示可能なビデオを所持しております——七日まえ、シーゲル氏が生きており、精神的にも健在で、ボーダーズ氏と彼の弁護士によって実行された名誉毀損に対して弁護しているのを示すインタビューです」

ハラーはポケットに手を伸ばし、問題のビデオ映像が入っているデジタルストレージ・スティックを取りだした。それを頭上高く掲げ、法廷の全員の目をそこに惹きつけた。

判事はいったん躊躇してから、会議用マイクをそばに引き寄せた。クローニンとケネディが腰を下ろした。

「ハラー弁護士」ホートンは言った。「当面はきみのビデオの再生は見合わせよう。本法廷はそれが興味深いものであると判断するが、きみの十五分間はもうすぐ終わろうとしており、本件はひとつの課題に集約されようとしている。オルマーのDNAは被害者の着衣で見つかった。それに関しては論議の余地がないように思える。あの着衣は何年ものあいだ証拠保管庫のなかで封印されていた——オルマー氏が裁判にかけられる何年もまえであり、クローニン弁護士はオルマー氏の遺伝物質を所持するようになったかもしれないし、ならなかったかもしれないが、クローニン弁護士がボーダーズ氏と出会う何年もまえの話であり、オルマー氏が刑務所で死亡する何年もまえの話だ。それに対する答えをきみは持っていようか？　もしそれを持っていないのであれば、本件に関する裁定を下すときだと本法廷は考える」

ハラーはうなずいて、法律用箋を見下ろした。ボッシュはケネディの横顔をかいま見、彼がほくそ笑んだと思った。ハラーが保管庫の箱にDNAがあったことに対する答えを持っていないと信じているからにちがいなかった。

「本法廷の考えは正しいです」ハラーは口をひらいた。「われわれはDNAが被害者の着衣に見つかった点について争いはしません。ボッシュ刑事とわたしもまた、ロス市警ラボの公明正大さに最大の信用を置いています。分析の結果に疑問があると言いだすつもりもありません。オルマーのＤＮＡは、ラボに委ねられるまえに着衣に仕込まれたというのがわれわれの信じているところです」

ケネディがまた飛び上がって、ロス市警の証拠保管部門あるいはＣＩＵのため事件の再捜査にあたったふたりの刑事のどちらかに不正があったという示唆に激しく異議を唱えた。

「ソトとタプスコット両刑事が示した行動は、きちんと書類に残されていて、なんらやましいところがありません」ケネディは言った。「必死な人々は必死な主張をときとしておこないがちであるとわかっているので、ふたりは、いっさいの不正工作がなされなかったことを記録に留めるため、自分たちで証拠保管箱の開封作業をビデオに撮影するまでのことをしております」

ハラーは判事が反応するまえに食いついた。

「まさにそのとおり」ハラーは言った。「ふたりはすべてをビデオに収めました。そして本法廷にお認めいただきたいのですが、わたしはわたしの口頭提供の一環として、そのビデオを再生したいのです。ノートパソコンで必要な場面に合わせて、いつでも再生できるようにしております、閣下。わたしの時間の延長を本法廷にお願いする次第です。ただちにコンピュータと画面を接続致します」

ハラーは陪審席の向かい側の壁にあるビデオ・スクリーンを指し示した。ホートンがその要請を考慮している間、沈黙が降り、法廷にいるほかの者たちはどうやってハラーがそのビデオのコピーを入手したのだろうとたぶん考えていた。ボッシュはソトがボッシュのほうをチラッと見たのを捉えた。ボッシュは自分が秘密を守る暗黙のルールを破っているのを知っていた。ボッシュが法廷で利用すると思っていたら、そのビデオをボッシュに渡さなかっただろう。

「設定したまえ、ハラー弁護士」ホートンは言った。「それも口頭提供の一部とみなそう」

ハラーは発言台から踵を返し、ボッシュの隣の椅子の足元に置いてあったブリーフケースをつかんだ。椅子に載せてブリーフケースをあけ、ノートパソコンを取りだしながら、ハラーは声を潜めてボッシュに言った。

「さあ、やるぞ」

「羊を潰しにいく、だな？」ボッシュも囁いた。

五分後、ハラーは壁のスクリーンでビデオを再生した。法廷の全員が、すでにそのビデオを何度も見た者たちを含め、再生映像に見入った。判事からもほかのだれからもなんの反応もなく再生は終了した。

するとハラーは六切サイズのビデオのキャプチャー画像のコピーを全関係者と判事に配り、発言台に戻った。

「もう一度ビデオを再生しますが、お手元のものは、一分十一秒のタイムマークがついている画面を切り取ったものです」ハラーは言った。

ハラーはビデオの再生をはじめ、やがてテレンス・スペンサーが隣の部屋からふたりの刑事を見ているところが映った瞬間で一時停止させた。

ハラーはスーツの上着の内ポケットからペン形のレーザー・ポインターを取りだし、輝く赤いドットでスペンサーの姿を丸く囲った。

「この男、彼はなにをしているのでしょう？　たんに見ているだけでしょうか？　あるいは、単なる好奇心を超えた興味を抱いているのでしょうか？」

ケネディがふたたび立ち上がった。

「閣下、弁護人の空想はどんどんとっぴなものになっています。このビデオは証拠保管箱に不正工作がなされていないことをはっきりと示しています。で、弁護人はなにをしているのでしょう？　彼は明白なものから目を逸らさせて、なにかに、資料管理課に勤務しているのがはっきりしており、証拠開封を観察する資格を持つだれかに目を向けさせようとしています。この茶番から先へ進み、深刻な誤審を訂正する残念な仕事に戻ろうではないですか？」

「ハラー弁護士」ホートンは言った。「わたしの忍耐力は尽きかけているのだが」

「閣下、もしつづけさせていただけるのなら、わたしの口頭提供は、あと五分で完了致します」ハラーは言った。

「けっこう」ホートンは言った。「つづけたまえ。スピードを上げてな」

「ありがとうございます。中断されるまえに訊ねましたように、この男はなにをしているのでしょう？　われわれは興味を抱き、突き止めようとしました。たまたま、ボッシュ刑事は、この男が資料保管課に永年勤めている職員であることを知っていました。彼の名前はテレンス・スペンサーです。われわれはスペンサー氏を調べようと決意し、その結果判明したことは本法廷を仰天させるやもしれません」

ハラーはファイルから新たな書類を取りだし、ランス・クローニンをチラッと見ながら、それを廷吏に渡した。廷吏はそれを判事に届けた。判事がそれを見ているあいだ、ボッシュはハラーが発言台から一歩退き、それをブラインドにして、ポケットから携帯電話を取りだすと、腰のそばで保持して、画面のテキスト・メッセージを読んでいるのを見た。

ボッシュはそれがハラーがずっと待っていたスペンサーに関するシスコからのメッセージの可能性がきわめて高いとわかっていた。

ハラーは携帯電話をポケットに戻すと、判事に呼びかけるのをつづけた。

「われわれが発見したのは、七年まえ、テレンス・スペンサーが差し押さえ状態《フォークロージャー》に陥って自宅を失いかけていた事実です。この国のひどい時期であり、おおぜいの人がおなじ船に乗っていました。スペンサーは逆さまにひっくり返り、二重のローンを支払えなくなり、銀行は忍耐力を失いました。もしフォークロージャーを担当する弁護士の努力がなければ、彼は家を失っていたでしょう。その弁護士はキャシー・ゼルデン、本法廷にいるわれわれの多くがキャシー・クローニンとして知っている人物です」

ボッシュは文字どおり法廷の空気が動かなくなったのを感じ取った。ホートンは贅沢な革張りの椅子に寄りかかっている姿勢から法卓に意識的に身を乗りだした。判事が提出された書類を手にし、真剣に目を通しているあいだ、ハラーは先をつづけた。

「ゼルデン――いまはクローニンですが――は、当時スペンサーの家を救いました」ハラーは言った。「ですが、彼女のしたことは、実際には避けがたいものを先送りしただけでした。彼女はスペンサーに借金の借り換えをさせたのです。七年で支払い時期が来る五十万ドルの巨額バルーン方式のローンに。おそらく、株式非公開の投資ファンドに支払い義務を負いました。気球の下から逃れようとしてスペンサーが不動産を売れるかどうかをそのファンドに支配されて。ファンドは家の売却をさせないことを選びました。なぜなら、今年の夏にフォークロージャーでその家が手に入るだろうと知っていたからです。そこで、哀れなテリー・スペンサーには逃げ道がありませんでした。彼は五十万ドルを持っておらず、それを手に入れる方法もなかったのです。彼は家を売ることすらできなかった。なぜなら抵当所有者がそれを許さないであろうから。では、彼はどうするでしょう？ 彼は昔の担当弁護士であり、いまはクローニン&クローニン法律事務所の共同経営者になっている人物に電話をかけ、ぼくはどうしたらいい？ と訊ねるんです。そして閣下、その時点から、陰謀がはじまりました。地区検事局を欺し、わたしの依頼人が証拠を捏造したと謗《そし》る陰謀が。すべてはプレストン・ボーダーズを自由の身にし、ロサンジェルス市から数百万ドルの和解金をせしめるための努力なのです」

ランス・クローニンが立ち上がり、反論しようとした。ケネディが渋々腰を上げようとした。だが、判事は片手を上げて、ふたりに話させないようにし、じっとハラーを見つめた。

「ハラー弁護士」ホートンは抑揚をつけて言った。「それは非常に重大な主張だ。わたしが公開法廷できみがこれを持ちだすのを認めれば、これに伴うなんらかの証拠を提示する計画はあるのかね？」

「はい、閣下」ハラーは答えた。「わたしが召喚する最後の証人はテレンス・スペンサー本人です。週末をかけて、スペンサーの居所をつかめました。彼はラグナ・ビーチにある家に隠れていたんです。そこはたまたま、クローニン夫妻が所有する家でした。わたしはスペンサーに召喚状を送達し、いまこの瞬間、彼はわたしの調査員とともに廊下に待機しており、証言席につく用意を整えております」

39

テレンス・スペンサーが証言するという脅威が一瞬、法廷内の事物を凍らせたかに思えた。すると、その沈黙を笑い声で破ったのはプレストン・ボーダーズだった。最初、低い声ではじまったのが、すぐに首をのけぞらせ、喉の奥からの哄笑になった。おもしろくもなんともない皮肉な笑い。それからナイフの刃で切ったかのように笑うのをやめ、罵り口調で自分の弁護士に話しかけた。

「この大まぬけめ。うまくいくと言ったじゃないか。絶対確実だと言ったじゃないか」

ボーダーズは立ち上がろうとしたが、座席に足枷で止められている足のあいだのつなぎ鎖を忘れていた。つながっている椅子といっしょに立ち上がったが、すぐにバタンと腰を落とした。

「ここから出してくれ。おれを帰してくれ」

クローニンは依頼人を黙らせようと体を寄せて話しかけようとした。

「おれから離れろ、クソ野郎。全部話してやるぞ。おまえのクソッタレな計画を」するとケネディが立ち上がった。自分が取りうる唯一の道を把握して。顔には衝撃を受けた表情が張り付いていた。

「閣下、今回、検察は本件に関する申し立てを撤回したいと考えます」ケネディは言った。「現状、検察は、人身保護請求の申し立てに反対致します」

「そうだろうな」判事は言った。「だが、いまのところは、座っていたまえ、ケネディ検察官」

ホートンは反対側のテーブルに注意を向けた。特にボーダーズに。彼の両脇に座っているふたりの弁護士にではなく。

「ボーダーズさん」判事は言った。「ご覧になったように、人身保護請求の申し立ては、もはや争う余地がない。それは地区検事局と本件の捜査責任者によって反対されました。さらに言うなら、あなたはたったいまご自分の弁護士を解任し、この要求を取り下げたいと願っているとわたしが受け取った発言をなさった。本当にご自身の申し立てを撤回するのがあなたの願いかね？」

「そうしていいんじゃないか」ボーダーズは言った。「もうどこにも向かわないだろうし」

「けっこうです」判事は言った。「本法廷に提出された当件は、撤回されました。ガルザ保安官補、ボーダーズさんをここから連れだしたまえ。だが、彼を拘束したままでいるように。ここにいる刑事たちが彼と話をしたがるかもしれない」

判事はソトとタプスコットのほうを指し示した。

ガルザはボーダーズのうしろに座っているふたりの保安官補にうなずくと、ふたりはつなぎ鎖を外し、囚人を連れていくため、そばに近づいた。立ち上がると、ボーダーズはランス・クローニンを最後に見下ろした。

「車でここまで来られたことに感謝するぜ」ボーダーズは言った。「檻のなかで三日過ごすよりましだった」

「連れていきたまえ」ホートンは声高に命じた。

「おまえら全員クソッタレだ」ボーダーズはなかば引きずられるように扉を通って、法廷の待機房に向かいながら声を張り上げた。「それからおれの女たちに連絡を絶やすなと伝えてくれ」

扉が音高く閉じられ、金属と金属がぶつかって反響する鋭い音が地震のように法廷に轟いた。

クローニンは判事に話しかけるためのろのろと立ち上がったが、ホートンは彼を制止した。

「弁護人、口をひらかないよう助言する」判事は言った。「あなたが口にすることは、別の法廷であなたに不利な証言として利用される可能性がある」

「ですが、閣下、言わせていただければ」クローニンは食い下がった。「わたしの依頼人がわたしと家族をどのように脅迫したかを記録に留める必要があり――」

「もう充分だ、クローニン弁護士。充分だ。あなたと、あなたの共同弁護人とあなたの依頼人が、経済的利得のため、法廷を操ろうとする明白な意図をもって本日この法廷に来たことを知るのにもう充分な情報を得た。正しく有罪判決を受けた殺人犯であったと思える人間を社会に解き放とうとし、ベテラン刑事の名声を汚そうとしたのは言うまでもなく」

「閣下――」

「言い訳を聞くために話しているのではないのだ、クローニン弁護士。わたしは黙りなさいとあなたに言った。これ以上口をはさむなら、あなたを黙らせる」

ホートンは法廷全体を睥睨《へいげい》してからクローニンに視線を戻して、先をつづけた。

「さて、ロサンジェルス市警察は、テレンス・スペンサー同様、あなたにも話を聞きたいと考えているはずだ。そこから刑事訴追が生じるかもしれない。わたしにはわからない。わたしはそれを制御できない。わたしに制御できるのは、この法廷で起こることであり、法壇について二十一年経つが、わたしのまえで弁護人によって法のルールを傷つけるこのような組織的努力を見たのははじめてである、と言わざるをえない。それゆえ、ランス・クローニンとキャサリン・クローニン両名は本法廷に犯罪的侮辱を与えたと判断し、ただちに両名を拘束するよう命じる。ガルザ保安官補、可及的すみやかにミズ・クローニンを拘束できるようここに女性保安官補を呼びたまえ」

キャサリン・クローニンは涙に暮れてすぐさま夫の肩に倒れかかった。ボッシュが見ていると、彼女の感情は変わり、すぐに拳を夫の胸にぶつけて叩きはじめた。夫は妻を両腕で包み、抱擁することで殴打を止め、涙を流すしかできなくさせた。ガルザ保安官補がランス・クローニンの背後に歩いていき、片手に手錠をかけ、彼を拘禁施設に連れていく用意をした。

「さて、ケネディ検察官」ホートンは言った。「ハラー弁護士が陽の光を浴びさせた情報に対してあなたがどうする計画でいるのか、わたしはわからないが、自分がすることはわかっている。いまからマスコミと一般の人々を法廷に呼び戻し、いまここで起こったことをそのまま彼らに伝えるつもりだ。あなたはそれを気に入らないだろう。なぜならあなたとあなたの所属する役所はあまりいい評判を得ないだろうから。ロス市警とさまざまなそのほかの機関を出し抜いて、ひとりの刑事弁護士と彼の調査員がこれを調べ上げた事実を考慮すれば。だが、こう申し伝えておく。あなたの所属する役所は、ボッシュ刑事に真摯な謝罪をする責任を負っており、それなりの大きな舞台でそれをかならずおこなうよう、わたしは見守るつもりだ。時宜を得た形で、いかなる『しかし』や『だから』や保留条件を付けることなく。日曜日の新聞記事が公にした疑惑や非難が完全に払拭されるように。わたしの言わんとするところは明確になったかね、ケネディ検察官？」

「はい、閣下」ケネディは言った。「命じられずともわたくしどもはそれをおこなうつもりです」

ホートンは眉間に皺を寄せた。

「政治と司法制度についてわたしが知るところでは、そんなことは起こりそうにないだろうな」

判事はふたたび法廷に目を走らせ、ボッシュを見つけて、彼に立ち上がるよう頼んだ。

「刑事、ここ数日、あなたがつらい試練を経てきたのは想像に難くない」ホートンは言った。「その不必要な苦しみに対し、本法廷を代表して、わたしは謝りたい。あなたの幸運を祈っており、あなたをいつでもわたしの法廷に歓迎する」

「ありがとうございます、閣下」ボッシュは言った。

女性保安官補を含む、ふたりの保安官補が待機房の扉から入ってきて、クローニン夫妻を逮捕するガルザに加わった。判事は廷吏に対し、廊下に出ていき、そこで待っている人々に法廷に戻れると告げるように指示した。

一時間後、ホートンは本日の閉廷を宣言し、ケネディは判事がたったいま伝えたことに対するコメントと反応を求める記者たちの騒然とした集団のなかを通り抜けなければならない羽目に陥った。

廊下に出たボッシュはソトとタプスコットがテレンス・スペンサーに近づき、彼を拘束するのを見ていた。シスコがボッシュの隣にやってきて、ふたりは刑事たちがスペンサーを連行して廊下を歩いていく様子を見守った。

「証拠保管箱にどのように仕掛けたのか話してくれるといいんだが」ボッシュは言った。「ほんとうに知りたいんだ」

「そういうことは起こらないだろう」シスコが言った。「修正第五条を選ぶさ」

「だけど、証言するつもりでいるときみが言ったんだぜ」

「なんの話だ？」

「きみは法廷にいるハラーにショートメッセージを送っただろ。スペンサーが証言する用意を整えている、ときみが伝えたんだ」

「いや、スペンサーを証言席につかせることはできるが、やつは黙秘権を行使する、と伝えたんだ。なぜだ、ミックはなにを言ったんだ？」

ボッシュは手帳にメモを取っている記者と一対一で話をしている廊下の向かい側のハラーをにらみつけた。カメラはなかった。ゆえにボッシュは相手が紙媒体の記者だと推測した――ということは、ロサンジェルス・タイムズの記者である可能性がきわめて高かった。

「あの野郎」ボッシュは言った。

「なんだ？」シスコが訊いた。

「おれはあいつがきみのショートメッセージを読んでいるのを見たんだ。あいつは判事に、スペンサーが証言席につく用意が整っていると伝えた。スペンサーが証言するとは言わなかった。ただ、証言席につくだろう、とだけ言ったんだ。あいつはそのはったりで全部を傾けたんだ。ボーダーズはその餌に飛びついて、カンカンに怒った。

そんなところだ」

「巧みな動きだな」

「危険な動きだ」

ボッシュはハラーをにらみつづけながら、いろいろとまとめはじめた。

40

すべてのインタビューが終わると、チーム・ボッシュは、裁判所を出て、全面勝利を祝うためユニオン駅の〈トラックス〉にいくことにした。ハラーとシスコがレストランにテーブルを押さえに向かう一方、ボッシュは娘とともに彼女が乗ることになっているメトロリンクの列車へ向かうランプまで下っていた。娘はアプリで帰りの切符を買っていた。

「ここにいられてほんとによかったよ、パパ」マディは言った。

「おまえがいてくれておれも嬉しかった」ボッシュは言った。

「一度でもパパを疑ったような口ぶりをしてたらほんとにごめん」

「謝ることなんてなにもない、マッズ。そんな口ぶりはしていなかった」

ボッシュは娘を引き寄せて長く抱擁し、プラットホームで待ち受けている陽の光をトンネル越しに見上げた。ボッシュは娘の頭のてっぺんにキスをすると、彼女を離した。

「おまえが大学の家に戻ったら、食事にいきたいといまでも思っている。それまでにアプリを手に入れて、切符を買っておく」

「絶対だよ。さよなら、パパ」

「さよなら、スウィーティー」

ボッシュは娘がランプをのぼって、光にたどり着くのを見守った。娘は父親が見守っているのをわかっていて、ランプをのぼりきると、振り返って手を振った。その姿は背後から光を浴びて、すっかりシルエットになっていた。やがて娘は姿を消した。

ボッシュはアールデコとムーア様式の混合デザインになっている駅舎の待合エリアを窓から望むブースにいた弁護士と調査員に加わった。ハラーはすでに全員分のマティーニを注文していた。彼らはグラスを合わせ、乾杯した。三銃士、ひとりは全員のために、全員はひとつの目的のために。ボッシュはハラーの目を捉え、うなずいた。自分を担当してくれた弁護士は、どうやら、それを自分が受けるに値する感謝のうなずきとは解釈しなかった。

「なんだ？」ハラーは訊いた。

「なんでもない」ボッシュは言った。

「いや、なんなんだ？　いまおれを見ていた目つきは、なんの理由があるんだ？」

「どんな目つきだ？」

「ごまかすな」

シスコはふたりを黙って見ていた。口をはさまないほうがいいとわかっていた。

「わかった、じゃあ話そう」ボッシュは言った。「廊下であの新聞記者と話しているのを見た。法廷のあとで。あいつはタイムズの記者じゃないのか？」

「ああ、そのとおりだ」ハラーは言った。「連中は、書かねばならない一大背中の皮剝がしがある。記録を正さなければならないときは、そう呼んでいるんだそうだ。訂正記事ではない。日曜版で書いたのは法廷の書類から得た情報に基づくものだったからだ。だが、偏っていた。あす、完全版になるだろう」

「記者の名前は？」

「名前は聞かなかったな。ああいう連中はみな、おなじだ」

「デイヴィッド・ラムジーじゃないのか？」

「言っただろ、名前は聞かなかった、と」

ボッシュはたんにうなずき、ハラーはまたしてもそこに非難を見た。

「なにか言いたいことがあるなら、言えよ」ハラーは言った。「それから、なんでもわかっているという審判を下すような目で見ないでくれ」

「おれにはなにも言うことはない」ボッシュは言った。「それにおれはなんでもわかっているわけじゃないが、きみがしたことはわかっている」

「おいおい、いったいなんの話だ？」

「きみがしたことをわかっているんだ」

「ああ、またそれか。おれはなにをしたんだ、ボッシュ？　なんの話をしているのか、おれに話してくれないか？」

「きみが漏洩元だ。きみが金曜日にタイムズにあの記事の内容を伝えた。きみがラムジーに情報を漏らした元凶だ」

シスコはマティーニにふたたび口をつけている最中で、か細いグラスの脚を太い指がつかんでいた。シスコはあやうくそれをすてきなドレス・ベストにこぼしそうになった。

「まさか」シスコは言った。「ミックはけっしてそんなことを――」

「いや、ミックはしたんだ」ボッシュは言った。「彼は見出しを飾るためおれをタイムズに売った」

「ちょっと待った待った」ハラーが言った。「なにか忘れていやしないか？　われわれは勝ったんだぞ、きみは上級裁判所判事に謝罪させ、検事局とロス市警におなじことをするよう要請させた。それなのにおれの戦略に文句を言うのかい？」

「では、自分がやったと自白しているんだな」ボッシュは言った。「認めるんだ。自分とラムジーが組んだと」

「勝利を収めるために、賭け金を上げる必要があった、と言ってるんだ」ハラーは言った。「この件を世間に知らしめる必要があった。公の話になり、口の端にのぼり、この街のあらゆる報道機関をきょう法廷に引き寄せるものになるだろう、と。もしわれわれがそれをしたのなら、判事はわれわれに当事者適格を認め、審問参加を許す以外に選択肢がなくなるだろう、とおれにはわかっていた」

「そしてきみは、なんだ、百万ドル相当の価値がある広告をそれによって手に入れたわけか？」

「なんてことを言うんだ、ボッシュ。あんたは野良猫みたいだな。だれも信用しない。おれはあんたのためにやったんだぜ、その結果を見てみろよ」

ハラーはブースから裁判所の方角を指さした。

「判事は、あの法廷にいる全員の異議にもかかわらず、おれたちをなかに入れてくれた」ハラーは言った。「そして、おれたちは勝利を収めたんだ。ボーダーズはおのれの哀れな存在の残りを死刑囚房に戻って過ごすことになり、きみをはめようとしたあのクソ連中はひとり残らず弁護士資格を剝奪され、首になり、おそらく刑務所送りになるだろう。クローニンとクローニンは現実にすでに拘束されている一方で、きみはここに腰を落ち着けてマティーニを飲んでいる。もしマスコミがこの件にまったく興味を示さなかったら、判事はわれわれに当事者適格を認めたと思うか?」

「わからん」ボッシュは言った。「だが、うちの娘はあのクズ記事を日曜に読んで、自分の父親が証拠を捏造し、無実の男を死刑囚房に送りこむような人間だったのかと三日間悩まなければならなかったんだぞ。それに加えて、あの記事のせいで、おれはあやうく殺されかけた。もしそんなことが起きていれば、おれは死に、ボーダーズは自由な身として地上を闊歩して、また人殺しをしていただろう」

「まあ、それに関しては申し訳ない。本気でそう思っている。そんなことを起こそうなどと思っていなかったし、あんたが潜入捜査をしていたなんて知らなかった。あんたがおれに話してくれなかったからな。だが、今回は、目的が手段を正当化するまれな機会のひとつだったんだ。いいか? われわれは望んでいた結果を得た。あんたの名声に傷はつかなかった。あんたの娘はあの列車に乗り、自分のパパは犯罪者じゃなく、ヒーローだとわかってホッとしている」

ボッシュはまるでその意見に納得しているかのようにうなずいた。だが、納得はしていなかった。

「おれに事前に話しておくべきだったんだ」ボッシュは言った。「おれは依頼人だ。きちんと情報を与えられ、選択肢を与えられていてしかるべきだった」

「では、どんな選択肢があったというんだ？」ハラーが訊いた。

「きみがその選択肢を渡してくれなかったので、いまとなればけっしてわからない」

「おれはどういうことになっていたかわかる、だから話さなかった。以上、話は終わりだ」

ふたりは長いあいだ、ピリピリはりつめた状態でおたがいをにらんでいた。シスコはテーブルのまんなかに向かって、ためらいがちにグラスを掲げた。

「おいおい、もう過ぎてしまったことだぜ、諸君」シスコは言った。「われわれは勝ったんだ。もう一度、乾杯しよう。あしたの新聞を読むのが待ちきれないぜ」

それぞれ相手が先に折れるのを待っているかのようにハラーとボッシュはにらみつけるのをつづけた。

ハラーが最初に折れた。グラスの脚を持ち、掲げた。その勢いで、ウオッカがグラスの縁を越えて、指に流れ落ちた。ボッシュもようやくおなじことをした。

三銃士は剣のようにグラスを打ち合わせたが、もはや、ひとりは全員のために、全員はひとつの目的のためにという雰囲気ではなくなっていた。

41

　ウッドロウ・ウィルスン・ドライブの最後のカーブを曲がると、ボッシュは自宅のまえに覆面パトカーが停まっているのを見た。だれかがボッシュを待っているのだ。ボッシュはカマシ・ワシントンの「チェンジ・オブ・ザ・ガード」の音量を下げた。午後五時近くになっており、スーツを脱いでシャワーを浴び、普段着に着替えてヴァレー地区へいき、エリザベス・クレイトンが治療を受けているダンジョンにいくつもりでいた。

　家の横のカーポートに車を乗り入れると、だれが来ているのかわかった。ルシア・ソトが家の玄関階段に座って、携帯電話を見ていた。ボッシュは車を停め、ソトを避けて勝手口から入ることはせずに玄関にまわりこんだ。ソトは立ち上がり、携帯電話を片づけ、ズボンについた階段の埃を払った。ソトはけさ法廷で着ていたのとおなじダークブルーのスーツ姿だった。

「長く待ったか？」ボッシュは挨拶代わりに訊いた。

「いえ」ソトは答えた。「あなたに何本か電子メールを送った。ときどきは階段の掃除をしたほうがいいよ、ハリー。埃っぽい」

「いつも忘れるんだ。強盗殺人課ではきょうの法廷の件をどう捉えている？」

「ああ、わかるでしょうけど、淡々と。あそこではよきにつけ悪しきにつけ、物事を淡々とこなしている」

「で、今回のはいいことなのか、悪いことなのか？」

「いいことだと思う。元刑事が不正行為の容疑を晴らしたんだから、いいことよ。たとえそれがハリー・ボッシュであっても」

ソトは笑みを浮かべた。ボッシュは眉間に皺を寄せ、ドアの鍵をあけた。ドアをソトのためあけ支える。

「入れよ」ボッシュは言った。「ビールを切らしているが、すごくいいバーボンがある」

「それはいいわね」ソトが言った。

ボッシュはソトのあとから家に入り、そばを通り過ぎて、リビングに先回りし、来客用に多少は居心地がいいように整えた。過去二晩、ボッシュは、ＴＶを見ながら、事件がらみのあれやこれやを頭のなかで整理しようとして、カウチで寝落ちしてしまっていた。

　ボッシュはカウチのピローを整え、肘掛けの部分から垂れ下がっていたシャツをつかんだ。

　シャツを持ってキッチンに向かう。

「座ってくれ。グラスを取ってくる」

「デッキに出ない？　あの場所が好きだし、ひさしぶりなので」

「いいとも。引き戸のレールに箒の柄を置いているので気をつけてくれ」

「それは新しいわね」

　シャツを洗濯機に入れた。キッチンからカーポートに出る勝手口のそばに洗濯機を置いていた。冷蔵庫の上からボトルをつかみ、棚からグラスを二個取って、デッキにいるソトと合流した。

「ああ、最近、近所で二件の不法侵入事件があったんだ」ボッシュは言った。「両方とも、犯人は木をのぼって屋根にたどりつき、裏のデッキに降りてきた。デッキの鍵をかけていないことが往々にしてある」

　ボッシュはボトルで隣の家を指し示した。その家もボッシュの家とおなじように片った。

外にデッキに入るのは不可能に見えた。だが、屋根からはアクセスできるのが明白だった。

持ち梁だった。裏のデッキが谷に向かって張りだしており、内側からアクセスする以外にデッキに入るのは不可能に見えた。だが、屋根からはアクセスできるのが明白だった。

ソトはうなずいた。ボッシュは彼女がほんとうはそんなことに興味がないのがわかった。近隣警戒委員会の一員としてここに来ているわけではなかった。

ボッシュはボトルの栓をあけ、それぞれのグラスにたっぷりと注いだ。ひとつをソトに渡したが、乾杯はしなかった。現時点でふたりのあいだにあるものを考慮した場合、乾杯は正しい態度に思えないだろう。

「で、あいつはどうやってやったのか話したか？」ボッシュは訊いた。

「だれのこと？」ソトは言った。「だれがなにをしたって？」

「おいおい。スペンサーだ。どうやって証拠保管箱に仕掛けたんだ？」

「スペンサーは一言もしゃべっていないわ、ハリー。彼の弁護士がわたしたちに話をさせないでいるし、本人も証言するつもりはないと言っている。口頭提供の際に、あなたの弁護士は裁判官に嘘をついたのね」

「いや、彼は嘘をついていない。少なくとも判事には。記録を調べてみてくれ。彼は、スペンサーが廊下におり、証言席につく用意をしていると言ったんだ。それは嘘ではない。証言席についたときにスペンサーが証言するかどうか、あるいは黙秘権を行使するかは、別の問題だ」

「情報の故意的な操作よ、ハリー。あなたが言葉のうしろに隠れるなんてはじめて知った」

「あれははったりであり、うまくいった。きみの気持ちを少しは楽にさせるかもしれないが、おれはその件について知らなかったんだ。だが、それが真実を暴きだしたんじゃないかい？」

「そうね。そのおかげで、わたしたちは捜索令状を取れた。スペンサーに話してもらう必要はなくなった」

ボッシュは鋭い視線をソトに投げかけた。彼女は謎を解いたのだ。

「話してくれ」

「スペンサーのロッカーをあけたの。当時、証拠保管箱に貼るのに使われていた二十年まえの証拠ステッカーの束があった。いまの貼り直そうとすると表面の塗装が割れてしまう赤いクラックル・テープに移行する際に廃棄されることになっていた。だけど、どういうわけかスペンサーは使い残しを手に入れ、とっておいたのね」

「それで、あいつは保管箱をあけ、オルマーのＤＮＡを仕込み、新しいラベルを貼ったんだ」

「スペンサーは箱の底の封印をあけたの。なぜなら上のラベルにはあなたの署名がついていたから。そしてスペンサーが持っていたラベルは古く、黄変していたので、箱はまったく手つかずに見えた。実を言うと、それが一回だけとはわたしたちは考えていない。彼の家の捜索令状も手に入れ、グレンデールにある質屋の預かり証を何枚か見つけている。その店を調べたところ、スペンサーは常連だった。たいてい宝石を売ってた。解決済み事件の証拠保管箱を破って、質草《しちぐさ》にできる貴重品を探していたのだと思う。事件が古く、解決していることから、だれも見ないだろうと思ったようね」

「じゃあ、クローニンがスペンサーに箱のなかになにか入れられるかと訊いたとき、問題ないとスペンサーは答えたんだ」

「そのとおり」

ボッシュはうなずいた。謎は解けた。

「クローニン夫妻はどうなんだ?」ボッシュは訊いた。「ふたりは一死一塁の取引を求めると思うんだが、どうだろう?」

「たぶんね」ソトは言った。「夫人のほうが逃げ、夫のほうが責めを負う。彼は弁護士資格を剝奪されるでしょうけど、彼女を裏で支えるでしょう。もし彼女を雇ったら、彼も雇ったことになるとだれもがわかる」

「で、それだけなのか？　懲役刑はなし？　あいつは法律を悪用して、殺人犯を刑務所から脱出させようとしたんだぞ。それも死刑囚房から。手首へのしっぺみたいな軽い刑ですむのか？」

「まあ、最後に聞いたところでは、ふたりはまだ拘束されている。ホートンがあしたまで保釈を認めないので。いずれにせよ、まだ交渉の初期段階なの、ハリー。でも、スペンサーはまだ口を割っていない。唯一しゃべっているのがボーダーズ。あなたのたったひとりの証人が死刑囚房の殺人犯だった場合、裁判の判断を陪審に任せたいとは思わない。今回の件は結局司法取引になり、ひょっとしたらクローニンは刑務所へいくかもしれないし、いかないかもしれない。実際には、より関心が持たれているのはスペンサーを逮捕することのほうなの。なぜなら、彼は身内の犯罪者だから。彼は市警本部を裏切った」

ボッシュはうなずいた。スペンサーについての考え方を理解した。

「市警の管理チームがすでに入ってきている」ソトは言った。「彼らは今回のようなことが二度と起こらないように証拠保管と回収プロセスを全面的に修正するつもりみたい」

ボッシュは木の手すりに近づき、そこに肘をもたれた。まだ日没にはあと一時間はあった。山間路を下っていくフリーウェイ101号線は、上下両方向で渋滞していた。だが、クラクションはほとんど鳴っていなかった。LAで車を運転する者たちは、クラクションの無力な不協和音のたぐいを抜きにして交通渋滞のなかで待つ運命に身を任せているようだった。ボッシュが訪れたほかの都市ではそうした不協和音がつねに聞こえている気がしていたが。このデッキは、そうしたLAの特徴に関する独特の見方を与えてくれる、とボッシュはつねづね思っていた。

ソトが手すりにいるボッシュのそばに来て、隣で身を乗りだした。

「わたしがここに来たのは、ほんとは事件の話をするためじゃない」ソトは言った。

「わかってる」ボッシュは言った。

ソトはうなずいた。本題に入る頃合いだった。

「むかし、わたしを指導してくれた、あるじつに優れた刑事が、つねに証拠を追うようにと教えてくれた。今回の件でわたしは自分がそれをしていると思っていた。だけど、どこかでわたしは操られたのか、違う角を曲がるかしてしまい、証拠がまったくの誤りを告げているところに行き着いてしまった。心のなかで知っておくべきだったのに。それについて、心から申し訳なく思っているの、ハリー。そしてこれからもずっとそう思う」

「ありがとう、ルシア」

ボッシュはうなずいた。ソトが全部タプスコットの責任だと非難するのは容易だとボッシュはわかっていた。パートナー関係のなかでタプスコットが上位の刑事であり、事件の判断で最終的な決定権があるのは彼だった。そうはせずにソトはすべてを自分の責任だとした。その重荷を引き受けた。そうするには勇気がいるが、そうすることが真の刑事に必要だった。ボッシュはそれをおこなったことで彼女を称賛しなければならなかった。

それに、ハリーが無実の人間を陥れるために証拠を捏造した、などということが本当かもしれないと自分自身の娘が不安に思っているのを聞いた以上、どうしたらソトを悪く思えるだろうか？

「で……」ルシアは訊いた。「わたしたちまたいい関係に戻れるよね、ハリー？」

「おれたちは良好な関係だ」ボッシュは言った。「だが、あしたの新聞をみんな読んでくれるよう願いたいものだ」

「きょうのあれが明るみに出て、まだ疑いを持っている人間なんて、クソよ」

「その気持ちでいるよ」

ソトは背を伸ばした。彼女は言うだけのことは言ったので、家に帰る用意が整った。まもなくボッシュがいま見下ろしている交通渋滞の鉄のリボンのなかに加わるだろう。

ソトは自分のバーボンの残りをボッシュのグラスに注いだ。

「いかなきゃ」

「わかった。話しに来てくれてありがとう。充分意味があったよ、ルシア」

「ハリー、なにか必要なら、あるいは、わたしにできることがあれば、わたしはあなたに借りがあるからね。お酒をありがとう」

ソトはあいている引き戸に向かった。ボッシュは振り返り、手すりに寄りかかった。

「実を言うと頼みがある」ボッシュは言った。「きみにできることだ」

ソトは立ち止まって振り返った。

「デイジー・クレイトン」ボッシュは言った。

ソトはその名前にピンと来ず、首を振った。

「わたしはその名前を知っているはずなの？」

ボッシュは首を振り、寄りかかるのをやめて背を伸ばした。

「いや。彼女はきみが殺人事件担当刑事になるまえの殺人事件の犠牲者だ。だけど、きみはいま未解決事件担当だ。その事件のファイルを取りだして、調べてほしい」

「彼女は何者なの？」

「彼女は何者でもない。何者でもない人間は気にかけられない。だから、彼女の事件は未解決のままなんだ」

「わたしが言っているのは、彼女はあなたにとって何者なのという意味」

「おれは彼女とはまったく知り合いじゃない。たった十五歳だったんだ。だけど、彼女を拉致し、彼女を利用し、それからゴミのように彼女を捨てた人間がいる。邪悪な人間が。その事件が起こったのがハリウッドなのでおれは調べられない。もうおれの縄張りじゃない。だけど、きみの縄張りなんだ」

「何年の事件？」

「二〇〇九年だ」

ソトはうなずいた。必要なものは入手した。少なくとも、事件の情報を引っ張りだし、目を通すためのものは。

「わかった、ハリー。調べてみる」

「ありがとう」

「なにかわかったら手に入れたものを知らせる」
「ありがたい」
「じゃあね、ハリー」
「じゃあな、ルシア」

42

シャワーを浴び、普段着に着替えたあと、ボッシュは玄関ドアの隣にあるクローゼットに向かい、棚から耐火性の金庫を降ろした。鍵を使ってあける。なかには出生証明書や陸軍除隊証明書を含む古い法律関係書類が入っていた。そのなかにボッシュは結婚指輪だけでなく、二個のパープル・ハート勲章と娘を受取人にした生命保険証書二通を入れていた。

ボッシュと母親の色褪せたカラー写真も一枚入れていた。それはボッシュが持っている唯一の母親の写真であり、ボッシュはそれを飾るよりも安全に保管するほうを望んでいた。ボッシュはその写真をしばらく見つめた。今回、母親よりも自分自身の八歳のころの姿に目が引き寄せられた。少年の顔に浮かぶ希望に満ちあふれた表情をじっと見て、それがどこに消えてしまったのだろうと思った。

ボッシュは写真をかたわらに置き、金庫をさらに探っていき、探していたものを見つけた。

それは輪ゴムで留めた札束を詰めた古い靴下だった。靴下から取りだしたり、数えたりせずにボッシュはそれを上着のサイドポケットに押しこんだ。札束は地震が起きた際の非常時資金だった。大半が高額紙幣で、ゆっくりと貯めていったものだ――二十ドル紙幣を一枚、五十ドル紙幣を一枚といった形で――一九九四年に起こった最後の大地震以来。LAでは、でかい地震に襲われた際、だれも現金なしで困った状態に陥るのを望んでいない。ATMは停電で利用できなくなるだろうし、銀行も市がカタストロフに襲われているときには閉まってしまうだろう。現金が王になる。ボッシュは二十年以上かけて相応に計画を立ててきた。ボッシュの見積もりでは、靴下には一万ドル近い金が入っているだろう。

ボッシュはほかの品を金庫に戻し、母と息子の写真を最後に一目見た。その写真のためにポーズを取った記憶や、どこで撮影されたかの記憶がなかった。白い――いまでは黄色く変色している――バックを用いたプロの手による撮影だった。ひょっとしたら幼いハリーは、映画のエキストラとして役を得ようとする母親が顔写真を撮影する際につきまとっていたのかもしれなかった。ひょっとしたらそのとき、母親がカメラマンに余分の代金を支払って、息子との写真を急いで撮ってもらったのかもしれなかった。

　ボッシュはマルホランド・ドライブを車で上り、曲がりくねった道路をたどってロウレル・キャニオン大通りに到った。その道はサンフェルナンド・ヴァレーの北側にボッシュを下っていかせた。携帯電話のアンテナが立つとすぐ、ボッシュはベラ・ルルデスの携帯番号にかけた。きょうは非番でいまごろ家にいるだろうと予想していた。それでもベラはすぐに電話に出た。

「ハリー、あなたに電話しようと思っていたんだけど、ひょっとしたらお祝いに出かけているかもしれないと思ったの」

「はあ、事件がらみでかい？　いや、お祝いはない。たんに終わって嬉しかっただけさ」

「でしょうね。で、あなたに電話をかけようと思っていたのは、指紋からもうひとりのロシア人の身元が判明したことを伝えたかったの。あなたが話をしたときに関係者をわかりやすくする目的で彼をイゴールと呼んでいたでしょ？」

「ああ」

「でね、あの男の本名はイゴールだったの。ほら、すごい偶然じゃない？」

「きみがロシア人だったら、たぶんすごい偶然だろうな」

「とにかく、イゴール・ゴルツ――G・O・L・Z――は、年齢三十一歳。インターポールは、彼もブラトヴァの一員であり、スルチェクの昔からの相棒だと把握していた。ふたりはロシアの刑務所で出会い、たぶんいっしょにこっちへ渡ってきた」

「そうか、それで〈ファルマシア〉事件は締めくくられるんだろうな」

「きょう書類仕事を片づけるつもり。法廷のアレが終わった以上、あなたはあした戻ってくる？」

「ああ、おれのアレは終わって、あした出勤するよ」

「ごめんなさい、なにが言いたいかわかるでしょ。あなたが戻ってこられるのはすてきだわ」

「いいかい、きみに訊きたいことがあって電話したんだ。こないだ、まわりに薬物中毒者がいた、自分の家族の一員も含めて、と言ってただろ。もしかまわなければ、それがだれなのか訊いていいかい？」

「ええ、わたしの姉。どうして知りたいの？」

「彼女はいまは大丈夫なのかい？　つまり、もう中毒患者ではない？」

「わたしたちの知るかぎりでは、中毒患者じゃないわね。あまり会っていないの。ドラッグが抜けたとたん、彼女は自分が最低の状態であったときを見ている人のまわりにいたがらなかったから。どういう意味かわかる？」

「わかると思う」

「あの人はうちの両親から異常なほどお金を盗んでいたの。わたしからも」

「そうなるだろうな」

「で、わたしたちは彼女を救い、結果として彼女を失った。少なくともいい形で。いまベイ・エリアに暮らしているわ。いまも言ったように、四年間素面《しらふ》で、ドラッグに手をつけていないと思われる」

「そこの部分はすばらしい。どうやって彼女を抜けさせたんだ？」

「まあ、わたしたちが実際にやったわけじゃない。リハビリ施設のおかげ」

「どの施設を使ったんだい？　それが電話をしている理由なんだ。ある人物を施設に入れなければならず、どこから手をつけたらいいのかわからないんだ」

「そうね、大金がかかるすてきな施設と、あまりかからない施設がある。衣食住の快適さを求めるなら、払った分のものを得られるけど、うちの姉は基本的に路上生活者だったの。だから、わたしたちが彼女を入れた施設は天国みたいなものだった。部屋とベッドがある、わかる？　入所者同士の集まりと精神分析医とのプライベート・セッションがミックスされた施設だった。毎日、尿検査があった」

「どこにあった? なんという施設なんだ?」

「〈ザ・スタート〉と呼ばれていた。カノガ・パークにあった。四年まえ、そこの費用は週千二百ドルだった。保険なし。だからみんなで少しずつお金を出し合ったの。いまならもっと高くなっているはず。オピオイド中毒が増えているせいで、そんな施設の一部ではベッドの空きを見つけるのが難しくなっている」

「ありがとう、ベラ。調べてみる」

「じゃあ、あした署で会える？」

「いくよ」

ボッシュは101号線に入り、北に向かって405号線にたどり着いた。前方にビール醸造所のモクモク立ち上る煙が見えた。

番号案内を呼びだし、〈ザ・スタート〉につなげた。二度、保留にされたのち、ようやく施設長と名乗る人物と話をできるようになった。彼女はここはオピオイド中毒を扱う専用施設であり、ベッドの予約は受け付けておらず、厳密に早く来た者が早く受け入れられる方針を採っている、と答えた。現時点で四十二床あるうち三つのベッドが空いていた。

ボッシュは費用について訊ね、すべてひっくるめた週の料金が四年間で五十パーセント以上上昇し、千八百八十ドルになっていることを知った。四週分の最低限の治療費を前払いする必要があった。ボッシュはオピオイドがらみの危機があまりにも大きくなりすぎて、潰すことができないとジェリー・エドガーが切々と語ったのを思いだした。だれもがそれで金を稼いでいるからだ、と。

ボッシュは施設長に礼を言って、電話を切った。五分後、ボッシュはロード・セイント団の集会所に車を進めた。今回、前方の庭に数多くのバイクが停まっており、団員の月例会合にたまたま来てしまったんだろうか、とボッシュは訝った。ジープを降りるまえにボッシュはシスコに電話をし、まずいときに来てしまったのかどうか確認した。

「いや、いまから迎えにいく。毎週水曜日はなにか理由があって、ここに集まる人間が多いんだ。おれはその理由を知らないけどな」

ボッシュがジープに寄りかかっていると、シスコが出てきた。

「で、彼女の様子はどうだ？」ボッシュは訊いた。

「あー、相変わらず怒りっぽい」シスコは言った。「だけど、それはいい兆候だと思う。おれが治療を開始して四日目か五日目のころ、ミック・ハラーが訪ねてきたことを覚えている。おれはドア越しにミックに、てめえの仕事なんざ、てめえのケツに突っこんだらいい、と言った。もちろん、一週間後、ケツからその仕事を引っこ抜いて、おれに返してくれと頼まざるをえなかった」

ボッシュは笑い声を上げた。

「で、〈ザ・スタート〉という名のカノガ・パークにある施設の話を聞いたことがあるかい？」

「ああ、リハビリ施設だ」シスコは言った。「聞いたことがある。だけど、おれはそこについてなにも知らないぞ」

「ある人間から、そこはいい施設だと聞いたんだ。オピオイド中毒患者に対していい結果を出している。週二千ドルほどかかるんだが、それだけ取ればいいはずだ」

「たくさんパンが出てくるんだろうな」

「エリザベスがここを終えたら、きみに彼女をその施設につれていき、入所させてもらいたいんだ。早い者勝ちだそうだが、まだ空いているベッドはある」

「少なくともここにあと一日はいなきゃならないだろうな。ひょっとしたら二日かかるかも。薬が抜けて、次の段階に移れるには」

「それでけっこうだ。用意が整い次第頼む」

ボッシュは上着のポケットに手を入れ、札束が入っている靴下を取りだした。それをシスコに手渡す。

「これを使ってくれ。その施設で一ヵ月分はあるはずだ。もし彼女に必要ならもっと長くいてもいい」

シスコは渋々受け取った。

「これって現ナマだろ？　それを本当におれに渡したいのか？」

シスコはあたりの庭を見まわし、フェンス越しに外の通りを見た。

ボッシュはもし見ている人間がいたらいまのやりとりをどう受け取られかねないか気づいた。

「クソ、すまん。考えなしだった」

今度はボッシュがまわりを見まわした。監視の気配はなかったが、あったとしても気づかなかっただろう。

「心配するな」シスコは言った。「正当な理由があれば大丈夫だ」

「で、これを扱ってくれるか？」ボッシュは訊いた。「これを使って前払《ペイング・フォワード》いでも後払いでも横払いでもかまわない。恩送りだ」

「気にしちゃいない。おれたちはいいことをしているんだ。なかに入っていきたいか？」

「どうだろうな。おれはなかに入るべきじゃないと思っていたんだ。もし彼女が精神的に不安定になるなら、おれに会う必要はない。彼女に癇癪を起こさせたくない」

「ほんとにいいのか？」

「ああ、もし彼女の状態がいいのなら、いいままにさせてやってくれ。おれはそれで嬉しいよ」

シスコは靴下を上に放り上げ、またキャッチした。

「推理させてくれ」シスコは言った。「地震の金だろ？」

「ああ」ボッシュは言った。「どう言ったらいいんだろう、おれはいい使い方を考えていた」

「ああ、だけど、あんたはいま市全体に不運をもたらしたんだぜ。地震の金を使ってしまうとすぐに大地震がやってくる。みんなそれをわかっている」

「ああ、そうだな、それを確かめてみないと。じゃあ、これで。ありがとう、シスコ」

「こちらこそ、ありがとう。いつか彼女は感謝をするようになると思うぜ」

「いまはその必要はないし、そのときになっても必要ない。もし彼女を入所させたら、どんな具合か教えてくれ」

「教えるよ」

車で去りながら、ボッシュは西へ進路を変え、携帯電話で場所をググってから〈ザ・スタート〉のまえを通り過ぎた。そこがかつては〈ホリデー・イン〉かほかの中規模のホテルだったのがわかった。いまは真っ白に塗られていた。清潔で、世話が行き届いているように見えた――少なくとも外側から見たところでは。ボッシュはそれが嬉しかった。

車の運転をつづけ、自宅に向かって進みはじめた。その途中ずっとボッシュはなかに入ってエリザベス・クレイトンに会わないと決めた自分の判断について考えていた。それがなんの意味を持つのか、あるいはなにをするつもりなのか、定かではなかった。エリザベスは、ボッシュが手を伸ばし、だれかを助けるべき理由にうまくはまりこんだ。相手がボッシュの助けを歓迎していようといまいとにかかわらず。もし一時間精神分析医のまえに腰を下ろすことがあったら――ひょっとしたら永年ロス市警担当のカウンセラーであるカルメン・イノーホスのまえに――自分の行動において心理学的な基盤を持つ大きな筏《いかだ》が現れるだろうと確信していた。それとあの金だ。自分の生活の財政面を少しもぐらつかせることのない特別な用途の資金を持っていた。じゃあ、そこになんらかの犠牲的行為はあったのだろうか？

ボッシュが少年だったころ、児童養護施設や里親の家から逃げだしたいと強く思っていて、新しい世界や文化を発見した偉大な探検家たちに魅せられていた時期があった。なにか新しいものを見つけたり、奴隷制度のようななにか古いものに立ち向かったりするため、自分たちの居場所や生活の安定を捨てた人たちに。ひとつのベッドから次のベッドに移り住むなかで、ボッシュはスコットランド人の伝道師にして探検家――両方をおこなった人物だ――のデイヴィッド・リヴィングストーンについて書かれた本をあちこち持っていった。ボッシュはもはやその書名を覚えていなかったが、かの人が信奉していた考えの多くを覚えていた。やがてボッシュはその考えを石工のように自分自身の信念体系に固めていき、刑事であり人間である自分の煉瓦でできた基礎を形成させるに到った。

同情は行動の代わりにはならない、とリヴィングストーンは言った。それはボッシュの壁のなかの要の煉瓦だった。ボッシュは自身を行動の人間として築いてきた。そして生涯をかけてきた仕事の誠実さが、死刑囚房にいる男のせいで疑われたとき、ボッシュはエリザベス・クレイトンへの同情を行動に転化させる選択をしたのだった。ボッシュはそれを理解していたが、ほかのだれかが理解するかどうかは定かではなかった。

他人はほかの動機を見るかもしれない。エリザベスもそうかもしれない。だからこそ、ボッシュは彼女に会わない選択をした。ボッシュはやるべきだったことをやったとわかっており、おそらく二度と彼女と会うことはないだろうとわかっていた。

自宅に着いたとき、まだ九時だったが、ボッシュはクタクタに疲れており、ほぼ一週間ぶりにベッドに倒れこむのを楽しみにしていた。家のなかに入り、施錠を確認し、デッキのレールに箒の柄を置いた。それから廊下を歩き、その途中で上着とシャツを床に脱ぎ落とした。

服を脱ぎ終え、ベッドに潜りこみ、睡眠がもたらすリハビリとレストアにすっかり身を委ねようとする準備を整えた。毎日午前六時にしているアラームを二時間遅らせるため時計に手を伸ばすと、ベッドテーブルに折り畳まれた封筒があるのが目に入った。畳んであるのをひらくと、それがサンフェルナンド市警の自分宛になっているのに気づく。

何者かが家に侵入して、その封筒をボッシュに見つかるようそこに置いたのではないかという考えがふいに頭に浮かんだ。そこで疲れ切った頭を集中させ、三夜まえに自分でそこにその手紙を置いたのを思いだした。すっかりそのことを忘れており、それ以来ベッドで眠っていなかったのだ。

その手紙はあしたの朝まで置いておいてもいいと判断した。目覚まし時計を調整し、明かりを消し、ふたつの枕のあいだに頭を埋めた。

三十秒もつづかなかった。ボッシュは上になった枕をどけ、手を伸ばして明かりを点けた。封筒をあける。

そこには折り畳まれた新聞記事の切り抜きがひとつ入っていた。それはほぼ一年まえのサンフェルナンド・ヴァレー・サンの記事だった。市警がエスメレルダ・タバレスの身になにが起こったのかあらためて捜査しようとしている件を取り上げたものだった。ボッシュが地元週刊紙の記者のインタビューに応じたもので、一般にインタビューの内容を広め、できれば情報を得たいと期待していた。二、三の情報提供があったが、役に立つものはなにもなく、なんの広がりもなかった。それなのに一年が経って、この手紙だ。

切り抜きには三重に畳まれた白い紙片が附属していた。手書きの文字で、そこにはこう書かれていた――

エスメ・タバレスになにがあったのか知っています。

そのメモには、アンジェラの名と、８１８の市外局番が付いている電話番号が記されていた。

ヴァレー地区だ。

ボッシュは起き上がり、電話に手を伸ばした。

43

ボッシュへのメモを書いたアンジェラ・マルチネスは、エスメレルダ・タバレスの身に起こったことを正確に知っているのが判明した。なぜなら彼女がエスメレルダ・タバレスだったからだ。

水曜日の夜、ボッシュは受け取った手紙に書かれていた番号に電話をかけ、アンジエラと名乗った女性は、翌朝九時に、ウッドランド・ヒルズにある自宅でお会いします、と言った。

トパンガ・キャニオン大通りのコンドミニアムの戸口で応対に出た女性は、ブロンドで三十代なかばだった。これまでの二年間、ボッシュは、黒髪、黒い瞳をした十五年まえのエスメ・タバレスの写真を見てきた。そのうちの一枚をボッシュは仕事場の囚房に貼っていた。ふくれっ面をして唇をすぼめている写真は、ボッシュにいつも事件のことを思いださせた。たくさんの写真のなかから、その写真を選んだのは、人の唇を閉じた形は経年変化をほとんどしないとわかっていたからだ。アンジェラと名乗る女性は戸口に出てきたときほほ笑んでいなかった。ボッシュは彼女がエスメだとたちまちわかった。

そして彼女もボッシュがわかったことに気づいた。

「あたしを捜すのをやめて下さい」エスメは言った。

ふたりは彼女の家のリビングに腰を下ろし、彼女は自分の物語を語った。いったん彼女が語りだすと、ボッシュは彼女よりも先に詳細を埋めていけたが、それでも彼女に話をさせつづけた。

若い女性が年かさの支配的男性とのひどい結婚生活に捕まってしまった――定期的に身体的な虐待を受け、産みたくなかった赤ん坊に縛りつけられた――夫は妻を支配する手段としてのみ赤ん坊を欲した。彼女は、自分の子どもを含めたなにもかも打ち捨てるという厳しい選択をし、行方をくらました。

彼女には助けがあった。ボッシュが質問によってより深く探ったところ、その助けは、当時、ひそかに付き合っていて、いまでは十五年間いっしょに暮らしている愛人からもたらされたのが明らかになった。ふたりはまず逃げだし、いっしょにソルトレイク・シティで暮らした。ふたりとも自分たちの育った街が恋しくなって十年まえにここに戻ってきた。

彼女の話は、サンペドロの魚網以上の穴があいていたが、ボッシュは、省かれたところや矛盾点は、深い陰になっている場所に彼女なりに最善の光を当てた結果だろうと考えた。ベビーベッドに置いていった娘や、自分を見つけようとした地域社会の努力に関してなんら疚しさを覚えていないようだった。当時ソルトレイク・シティに住んでいたので、そうしたものにいっさい気がつかなかったのだと認めた。

また、自分の失踪は、捨てていった夫に疑念を向けようという意図から出たものではない、とも主張した。逃げだす以外に選択肢はなかった、と彼女は言った。

「もしたんにあいつと別れようとしたら、あいつはあたしを殺していたでしょう」彼女は言った。「それは認めて。あなたはあいつがあたしを殺したんだと思っていたんだから」

「それはそうかもしれない」ボッシュは言った。「だが、それは少なくとも、きみがベビーベッドに赤ん坊を残して行方をくらましたという状況から導かれたものだ」

結局、アンジェラ・マルチネスことエスメレルダ・タバレスは、自分がおこなったことを不思議なほど申し訳なく思っていなかった。ボッシュに対してだけでなく、警察あるいは地域社会に対して。

そしてなによりも赤ん坊だった自分の娘に対して。妻がいなくなってから一年後に夫が養育を諦めて養子に出した娘に対して。

「彼女のいまの居場所を知っていたりするのかい？」ボッシュは訊いた。現時点では捜査にあたっていない気の抜けた刑事のポーズを取って。

「どこにいようと、あたしがいたあの恐怖の館よりましな場所だと確信している」マルチネスは言った。「そうじゃなければ生きていないでしょう。自分だったら生きていないとわかっているもの」

「だが、きみがいなくなったらすぐに彼が娘を諦めるとどうしてわかったんだ？当時、きみが知っているかぎりでは、彼女はその恐怖の館にまだいる可能性があったのに」

「ええ、あたしはあいつがあの子を諦めるとわかっていたの。あの子を欲しがったのは、あたしを自分につないでおけるからというその理由だけ。その考えがまったくちがっていたことをあたしは証明した」

ボッシュは、彼女を見つけようとしたこれまでの歳月と努力について思い巡らした。この事件にじつに長いあいだ取り憑かれている、いまや市警本部長になっているバルデス刑事のことを考えた。あるレベルでは、これがいい結果だと、ボッシュはわかっていた。謎が解け、エスメは生きていた。だが、ボッシュはこのことに釈然としていなかった。

「なぜいまなんだ？」ボッシュは訊いた。「なぜいまになってわたしに連絡をしてきたんだね？」

「アルバートとあたしは結婚したいの」マルチネスは言った。「そうしていい頃合い。夫はあたしをけっして離婚してくれなかった――それが彼なりの支配の仕方だから。けっしてあたしの死亡宣告を受けなかった。だけど、あたしは弁護士を雇って、その人がいま対処してくれようとしている。最初のステップは、だれもが長いあいだ取り組んできた謎を解決することなの」

自分の行動を誇らしく思っているかのようにマルチネスはほほ笑んだ。自分がこんなにも長いあいだ秘密を保ちつづけたことに力を得て。

「もうあの男が怖くはないのか、きみの夫が？」ボッシュは訊いた。

「もう怖くないわ」マルチネスは言った。「あのころ、あたしはただの小娘だった。あいつはもうあたしを怖がらせたりできない」

マルチネスの笑みは、ボッシュが働いている囚房に貼った写真に写っているふくれっ面に変わった。

ボッシュは立ち上がった。

「この件を締めくくるのに必要なものは手に入れたと思う」ボッシュは言った。

「あなたが知らなければならないのは、いま話した内容でいいの？」マルチネスが問う。

彼女は驚いたようだった。

「当面は」ボッシュは言った。「なにかほかにあればまたきみのところに戻ってくる」

「そうね、どこを捜せばあたしが見つかるのか、もうあなたはわかったから」マルチネスは言った。「ようやく」

ボッシュはそのあと署に向かった。不機嫌だった。別の事件が解決しようとしていたが、それについていいと思えるところがなかった。おおぜいの人が時間と金と感情をエスメ・タバレスに費やしてきた。ずっとそう疑われていたようにエスメ・タバレスは死んでいた。だが、アンジェラ・マルチネスが生きていたのだ。

サンフェルナンド市警に車を停めてから、ボッシュは署のメイン内廊下を通って、刑事部屋にズカズカと入っていった。刑事たちのポッドは無人だったが、作戦司令室から声が聞こえた。刑事たちは合同のランチブレークを取っているのだろう。

市警本部長室は署の中央に位置しており、当直警部補のオフィスとは廊下を挟んで真向かいにあった。ボッシュはドアに首を突っこみ、バルデスの秘書に、五分だけボスに空き時間はあるかどうか訊いた。いったん部屋に入ったら、本部長との会話はかなり長くなるだろう、とわかっていた。秘書は机のうしろにある部屋に声をかけ、許可を得た。ボッシュは本部長の執務室に入った。

バルデスはいつものように制服姿であり、机の向こうに座っていた。彼はロサンジェルス・タイムズのAセクションを掲げ持った。

「きみに関する記事を読んだところだ、ハリー」バルデスは言った。「ここできみの身の潔白をみごとに証明している。おめでとう」

ボッシュはバルデスの机のまえにある椅子に腰を下ろした。

「ありがとうございます」ボッシュは言った。

ボッシュはけさ約束の場所に向かうまえにその記事を読んでおり、その内容に満足していた。しかしながら、木曜日の新聞よりもタイムズの日曜版を読んだ人間のほうがずっと多いのを知っていた。ボッシュが悪徳警官であるという記事を読んだ人間と、気にするな彼はまっとうだという記事を読んだ人間のあいだには深い溝がつねに横たわるだろう。

そのことはボッシュはあまり気にならなかった。その最新の記事を一番読んでもらいたい人は、すでにオンラインで読んで、ボッシュにショートメッセージを送り、あなたのことをとても誇らしく思っているし、ボーダーズ事件の結果を嬉しく思っていると改めて伝えてきていた。

「で」ボッシュは言った。「どうやってこの話をお伝えしたらいいのか、確信はないんですが、とにかく話すだけ話します。わたしはさきほどエスメ・タバレスと会ってきました。彼女は健在で、ウッドランド・ヒルズに暮らしています」

バルデスは椅子から立ち上がりかけた。机に激しくまえのめりになり、顔には驚きが浮かんでいた。

「なんだと？」

ボッシュは急いで説明した。昨晩手紙を開封したところからはじめて。

「なんたることだ」バルデスは言った。「十五年間、彼女は死んだものと思ってきた。いいか、あの家にいって、彼女の非道な亭主を車のうしろにくくりつけ、どこに妻を埋めたのか話すまで引きずってやりたいと幾夜思ったことか」

「わかってます。わたしもそうでした」

「なんというか、わたしは彼女に恋してしまったんだ。ときどき被害者に対してそんな感情を抱いてしまうのがわかるか？」

「ええ、わたしも少しそんな気持ちでした。きょうまでは」

「ということは、彼女は理由を話したんだな?」

ボッシュはけさアンジェラ・マルチネスと交わした会話を再現した。ボッシュが話していると、バルデスの顔は、怒りで徐々にどす黒くなっていった。数回首を横に振り、机の上のメモ帳にいくつかメモを取った。

ボッシュが話し終えると、本部長はメモを確かめてから、口をひらいた。

「彼女に告知をしたのか?」バルデスは訊いた。

ボッシュは本部長が、マルチネスに憲法で保障されている弁護士に相談する権利と、自己負罪を避ける権利を告知したかどうかを訊いているのだとわかっていた。

「いいえ」ボッシュは言った。「その必要はないと思いました。彼女が自分の家にわたしを呼びつけ、われわれは彼女のリビングで座っていました。わたしは自分の身分を明かし、彼女は明らかにわたしがだれなのか知っていました。ですが、それはどうでもいいんです、本部長。あなたがなにを考えているかわかりますが、そういうことはけっしてうまくいきません」

「これは詐欺だぞ」バルデスは言った。「何年ものあいだ、われわれは彼女を捜すのにおそらく五十万ドル近い費用を費やしてきた。彼女が行方不明になったと最初に報告されたとき、時間外手当は、消火栓の栓をひねったように溢れでていたのを覚えている。総力をあげて捜査にあたったのだ。そしてわれわれはけっして気をゆるめなかった。きみにこの事件を預け、調べつづけてもらった」

「よろしいですか、彼女を弁護する立場で話さなければならないのはいやですが、彼女は道徳的に問題のある犯罪をおこなっていますが、検事局が訴追可能と判断するような犯罪はおこなっていないんです。危険な状況と本人が判断したものから彼女は逃れました。時間外手当やほかのあらゆるものが流れだしはじめるはるかまえに姿を消したんです。自分は知らなかった、あるいは、警察に、自分は無事だと連絡するのは危険すぎてできなかったと主張できます。たくさんの口実を持っています。検事局は手を触れないでしょう」

本部長は反応しなかった。彼は椅子に寄りかかり、天井の紐からぶらさがっているおもちゃの警察ヘリコプターを見つめた。この小さな警察署の航空隊だと言うのを彼は好んでいた。

「クソ」ようやくバルデスは口をひらいた。「われわれになにか打てる手があればいいんだが」

「がまんして生きるしかないでしょう」ボッシュは言った。「彼女は当時、ひどい状況に置かれていた。彼女はまちがった選択をしましたが、人には欠陥があります。人は利己的なものです。彼女は死んだものとわれわれが思っていたあいだ、彼女はわれわれにとって純粋無垢な存在でした。いまや彼女が自分を救うためにベビーベッドに赤ん坊を置き去りにするような人間だとわれわれは知ってしまったんです」

ボッシュは、父親の店の奥の廊下でリノリウムに頬をつけて死んでいたホセ・エスキベル・ジュニアのことを考えた。純粋無垢な人間なんているんだろうか、とボッシュは思った。

バルデスは机から立ち上がり、右の壁沿いに並べて置かれている背の低いファイル・キャビネットの上に掛けられた掲示板に近づいた。展開シートを何枚かめくり、指名手配のチラシ束をかきわけ、二〇〇二年ごろのエスメ・タバレスの写真が載っている行方不明者パンフレットを探し当てた。それを掲示板から引きちぎると、手のなかでクシャクシャにして、できるだけ小さく丸めた。そののち、ファイル・キャビネットの端にあるクズ籠めがけてシュートを放った。入らなかった。

「この世はなんなんだろうな、ハリー?」バルデスは訊いた。

「わかりません」ボッシュは言った。「今週、わたしは二重殺人事件と十五年前の失踪事件を解決しました。そのどちらにもいい気分がしていないんです」

　バルデスはドッカと椅子に腰を落とした。

「ファルマシア銃撃事件にはいい気分がしてしかるべきだぞ」バルデスは言った。「ふたつのクズをこの世から消し去ったんだから」

　ボッシュはうなずいた。だが、実際には、おなじところをグルグルまわっているような気がしていた。

　真の正義はあとわずか手の届かないところにある真鍮の輪だった。手が届きそうで届かない目標だ。

　ボッシュは立ち上がった。

「カルロスに連絡して、おまえの疑いは晴れたと言ってやるんですか？」バルデスに訊いた。

　カルロス・タバレスはエスメレルダの夫であり、十五年間容疑者のままでありつづけている男だった。

「あんなやつクソ食らえだ」バルデスは言った。「クソ野郎であることに変わりはない。新聞で読めばよかろう」

　ボッシュは戸口にたどり着いてから、上司を振り返り見た。

「この件に関する報告書は本日中に仕上げます」ボッシュは言った。

「けっこう」バルデス は言った。「そしたら飲みにいこう」

「いい提案ですね」

44

ボッシュは刑事部屋を避けたかった。もうだれとも話したくなかった。

ベラ・ルルデスとほかの刑事たちは、すぐにエスメ・タバレスが生きていて、息災であると知るだろうし、その話は市警内で、やがて街全体で噂になるだろう。だが、ボッシュはさしあたり、もう充分その話をしたと思った。

署の正面から出て、通りを横断した。公共事業部の資材置き場を通り抜け、刑務所に入った。囚房の鍵をあけてから、重たい鋼鉄の扉をスライドさせてあけると、それがフレームに当たって大きな音を立てた。市警本部長とおなじように、ボッシュはエスメレルダ・タバレスの写真のところにいき、それを破り捨てたかった。だが、そこで手を止めた。そこに残しておくことにした。それを見れば自分がその事件についてどれほど間違っていたかを思いだすきっかけになってくれるだろう。

ベビーベッドに入っていた子どもがボッシュの判断を誤らせた。ボッシュはそれをわかっていた。自然の法則すべてに反しているようだったが、そのことがボッシュとボッシュ以前のほかのおおぜいの人間をまちがった道に進めてしまったのだ。

ボッシュはその場に立って写真を見ながら、今週起こったことの皮肉についてつらつら思った。

エリザベス・クレイトンはわが子の喪失から恢復できずに、ゾンビのように大地をさまよい、わが身にふりかかったことや、みずから進んで落ちていく堕落にてんで頓着しなかった。エスメ・タバレスはベビーベッドに子どもを置き去りにし、一度も振り返らなかったようだ。

この世の現実は暗く、恐ろしいものだ。ボッシュは間に合わせの机のまえに腰を下ろすと、その陰鬱な現実を記録に留める書類仕事に取りかかった。

だが、はじめることすらできないのに気づいた。

ボッシュはそれについて長いあいだじっと考え、やがてまた立ち上がった。囚房の中央には机と直角に置かれたベンチがあった。ボッシュはそれをたいてい写真やファイルを広げる場所として使っていた。新鮮な角度から手強い事件を見直すことができるように。しばしば事件現場写真を、傷だらけのその木製ベンチの端から端へ隣り合わせに並べて見た。そのベンチは、往時、〝飛び込み台〟のあだ名で呼ばれていたと言われたことがあった。なぜなら、長いあいだに一握りの囚人がベンチを忘却への飛び降り台として使ったからだった。彼らはベンチに上り、囚人ズボンの片方の脚を頭上の換気口を保護している横棒に通し、反対側の脚を自分の首に巻き付ける。彼らはベンチの端から虚無の黒いプールに飛び降り、自分たちの惨めな境遇に終わりをもたらしたのだった。

ボッシュはいまそのベンチに上った。頭の上に手を伸ばし、頭上の横棒を体を支えるためにつかんだ。

ポケットに手を突っこんで、携帯電話を取りだす。画面を確認してから、携帯電話を掲げると、ベンチの上で向きを変え、腕を動かして、ようやくアンテナが一本隅に立つのを見た。親指で連絡先を呼びだし、最後近くまでスクロールして、目当ての番号を見つけると発信した。

ルシア・ソトがすぐに電話に出た。

「ハリー、なにか用？」

「おれが話した事件を引っ張りだしてくれたかい？」

「デイジー・クレイトン？　ええ、けさ一番に」

「それで？」

「あなたの言うとおり、埃をかぶっていた。毎年の定例報告用に調べる以外は、三、四年、手つかずのまま。定例報告では、前年と一言一句おなじ内容。どういうのかかるわね——『今回は有力な手がかりなし』なぜなら、有力な手がかりを本気で探していないから」

「それで？」

「それで、彼らは間違っていたと思う。いくつか手がかりを見つけた。調べるに値する切り口がある。この件は連続殺人犯の犯行とはっきり見なされていた。ハリウッドに通りかかった何者かが犯行をおこない、移動していった、と。だけど、わたしはそうだと言い切れないと思う。写真を見てみた。犯人は彼女と彼女を遺棄した場所になじみがあった。犯人はそのあたりに詳しい人間だわ。わたしはこれから——」

「ルシア」

「なに、ハリー？」

「おれを割りこませろ」

「どういう意味？」

「どういう意味かわかってるだろ。おれは捜査に加わりたいんだ。いっしょにそいつをつかまえよう」

謝辞

本書調査と執筆にあたって多くの人々から時間と経験と専門知識を作者に提供していただいた。調査に関しては、リック・ジャクスン、ティム・マーシャ、ミッチ・ロバーツ、デイヴィッド・ラムキン、デニス・ヴォイチェホフスキー、アーウィン・ローゼンバーグ、アンソニー・バイロ、リン・スミス、アダム・フリッシュ、ヘンリク・バスティン、ダニエル・デイリーのみなさん。執筆に関しては、アーシア・マクニック、ビル・メッシー、ハリエット・ボートン、イマッド・アクタール、パメラ・マーシャル、テリル・リー・ランクフォード、ジェーン・デイヴィス、ヘザー・リッツォ、ジョン・ホートン、リンダ・コナリーのみなさん。ここに名前を挙げた多くの人々は、方程式の両辺にその足を確実に刻んでいただいている。

ここに記した人々と、ついうっかり書き漏らしたか、意図的に匿名のままにした人々に、作者は心からの感謝を申し上げる。

|著者| マイクル・コナリー　1956年、フィラデルフィア生まれ。フロリダ大学を卒業し、フロリダなどの新聞社でジャーナリストとして働く。手がけた記事がピュリッツァー賞の最終選考まで残り、ロサンジェルス・タイムズ紙に引き抜かれる。「当代最高のハードボイルド」といわれるハリー・ボッシュ・シリーズは二転三転する巧緻なプロットで人気を博している。著書は『暗く聖なる夜』『天使と罪の街』『終決者たち』『リンカーン弁護士』『真鍮の評決　リンカーン弁護士』『判決破棄　リンカーン弁護士』『スケアクロウ』『ナイン・ドラゴンズ』『証言拒否　リンカーン弁護士』『転落の街』『ブラックボックス』『罪責の神々　リンカーン弁護士』『燃える部屋』『贖罪の街』『訣別』『レイトショー』など。

|訳者| 古沢嘉通　1958年、北海道生まれ。大阪外国語大学デンマーク語科卒業。コナリー邦訳作品の大半を翻訳しているほか、プリースト『双生児』『夢幻諸島から』『隣接界』、リュウ『紙の動物園』『母の記憶に』『生まれ変わり』（以上、早川書房）など翻訳書多数。

汚名《おめい》（下）

マイクル・コナリー｜古沢嘉通《ふるさわよしみち》 訳

講談社文庫

定価はカバーに
表示してあります

2020年8月12日第1刷発行

発行者——渡瀬昌彦
発行所——株式会社　講談社
東京都文京区音羽2-12-21　〒112-8001
電話　出版（03）5395-3510
　　　販売（03）5395-5817
　　　業務（03）5395-3615
Printed in Japan

デザイン—菊地信義
本文データ制作—講談社デジタル製作
印刷———豊国印刷株式会社
製本———株式会社国宝社

ISBN978-4-06-520629-4

講談社文庫刊行の辞

二十一世紀の到来を目睫に望みながら、われわれはいま、人類史上かつて例を見ない巨大な転換期をむかえようとしている。

世界も、日本も、激動の予兆に対する期待とおののきを内に蔵して、未知の時代に歩み入ろうとしている。このときにあたり、創業の人野間清治の「ナショナル・エデュケイター」への志を現代に甦らせようと意図して、われわれはここに古今の文芸作品はいうまでもなく、ひろく人文・社会・自然の諸科学から東西の名著を網羅する、新しい綜合文庫の発刊を決意した。

激動の転換期はまた断絶の時代である。われわれは戦後二十五年間の出版文化のありかたへの深い反省をこめて、この断絶の時代にあえて人間的な持続を求めようとする。いたずらに浮薄な商業主義のあだ花を追い求めることなく、長期にわたって良書に生命をあたえようとつとめるところにしか、今後の出版文化の真の繁栄はあり得ないと信じるからである。

同時にわれわれはこの綜合文庫の刊行を通じて、人文・社会・自然の諸科学が、結局人間の学にほかならないことを立証しようと願っている。かつて知識とは、「汝自身を知る」ことにつきていた。現代社会の瑣末な情報の氾濫のなかから、力強い知識の源泉を掘り起し、技術文明のただなかに、生きた人間の姿を復活させること。それこそわれわれの切なる希求である。

われわれは権威に盲従せず、俗流に媚びることなく、渾然一体となって日本の「草の根」をかたちづくる若く新しい世代の人々に、心をこめてこの新しい綜合文庫をおくり届けたい。それは知識の泉であるとともに感受性のふるさとであり、もっとも有機的に組織され、社会に開かれた万人のための大学をめざしている。大方の支援と協力を衷心より切望してやまない。

一九七一年七月

野間省一